你闻起来好甜，
像新鲜出炉的糖果。

大鱼
有爱的青春陪伴者

你算哪颗小糖果

夏半秋 /著/

nisuannake
Xiaotangguo

上海故事会文化传媒有限公司
上海文化出版社

图书在版编目（CIP）数据
你算哪颗小糖果 / 夏半秋著. -- 上海 : 上海文化
出版社, 2020.4
ISBN 978-7-5535-1878-7
Ⅰ. ①你… Ⅱ. ①夏… Ⅲ. ①长篇小说－中国－当代
Ⅳ. ①I247.5
中国版本图书馆CIP数据核字(2020)第041296号

责任编辑　蔡美凤
特约编辑　张　磊　琵　琶
装帧设计　刘　艳　孙欣瑞
特约绘制　柠檬-moon
印务监制　周仲智
责任校对　周　萍

你算哪颗小糖果
夏半秋　著

出　　版　上海文化出版社
出　　品　上海故事会文化传媒有限公司
（200020 上海市绍兴路74号　www.storychina.cn）
发　　行　长沙大鱼文化传媒有限公司发行中心
印　　刷　长沙鸿发印务实业有限公司
开　　本　880×1230　1/32　　印　　张 8
版　　次　2020年5月第1版　　印　　次 2020年5月第1次印刷
书　　号　ISBN 978-7-5535-1878-7/I.731
定　　价　38.00元

上海故事会文化传媒有限公司 出品（00930）www.storychina.cn

目录 MULU

第一章 • 一颗好糖

每一颗糖果，都应该被味蕾充分铭记。 /001

第二章 • 魔鬼糖

让魔鬼可爱一点的办法，就是把它变成魔鬼糖。 /029

第三章 • 石头糖

又硬又甜，又讨厌又喜欢。 /054

第四章 • 橡皮糖

你算哪个口味的橡皮糖，怪想捏的。 /078

第五章 • 彩虹糖

没尝过，怎么知道我比彩虹糖甜。 /100

目录

MULU

第六章 • 薄荷糖

要是有人带着一整袋薄荷糖找你疏肝解郁，不能立马原谅，起码也得晾他个一秒吧。 /128

第七章 • 泡泡糖

泡泡糖能让我吹泡泡，你能让我吹牛。 /157

第八章 • 椰子糕软糖

好想在你心上咬一口，看看是不是也这么软糯可口。 /181

第九章 • 星空宇宙棒棒糖

你说要带我看一看整个宇宙。我看了看你，疑惑地想，宇宙我不是天天见吗？ /205

第十章 • 我们的喔喔奶糖

我吃过最上瘾的一颗糖，是你这颗。 /233

第一章 / 一颗好糖

每一颗糖果，都应该被味蕾充分铭记。

——闻妮妮的《糖果手札》

实在太诡异了！

这是闻妮妮看见郝堂的第一反应。

这个躺在闻妮妮日记本第一页，每天她必看一眼的人，就这么毫无预兆地出现在她的世界里。

还是活的。

此时日记本故事的主人公郝堂正站在熙熙攘攘的人群中，金色的阳光自香樟树墨绿色的茎叶间倾泻而下，通透而明亮的光，细细碎碎地落在他的肩膀，掉进他白色衬衣口袋。

背景是一群发量稀少的中年男人，挺着啤酒肚，游刃有余地彼此寒暄着。

配乐是耳熟能详的《喜羊羊和灰太狼》主题曲。

极具魔幻色彩的搭配。

今天是星星幼儿园的亲子活动日，闻妮妮以姐姐的身份代表全家出席弟弟闻铭幼儿园的活动。老闻给出的官方理由是今天的活动中有一个叫“八仙过海”的项目，一个名字上和水有着剪不断理还乱的关系，实际上和水八竿子打不着边儿的活动。而闻妮妮是个游泳健将，理所应当不辱使命。

见闻妮妮不为所动，老闻又出新招：“你去的话，这个月零花钱加一百块。”

在闻妮妮的据理力争之下，两人最后以加一百五十块达成协议。

一分钟前她还因大周末被闻铭拉到这种鬼地方而闷闷不乐，一分钟后她觉得这一百五十块的附加值真是值了。

在闻妮妮的人生构想里，遇到郝堂应该是好多年之后的事。那时候的她端着各类学术大家的头衔，与慕名而来的郝堂庄重地握手，热情而礼貌地互相吹捧着。

谁能想到忽然跳了一大截的进度条，活生生将“多年之后的邂逅”变成了“此时此刻的惊喜”，也活生生将高峰论坛变成乡村爱情的篇章。

所谓生活，总是杀你个始料未及。

而只有出人意料的方式，才能让每一段遇见更深刻。

“闻铭，你用三分力度掐我一下，看看我是不是做梦？”

闻妮妮伸手想捞住闻铭，右手扑了个空，紧接着她感受到衣服忽然被身后某股力量拉扯，露出了半截腰部，才发现闻铭不知什么时候已经藏到了自己身后。

“臭小子，我男神出现，我都还没有躲，你躲个什么……”她一边往下拉扯衣服，一边说着，没忍住又往郝堂的方位看了两眼。

顷刻间，她就明白了闻铭躲避的源头，是那个正咧嘴笑着朝他们跑来的小萝莉。

“闻铭，你来了，我还说怎么找不到你呢，原来你躲在这儿。”小萝莉穿着一身粉色公主裙，扎着不太对称的羊角辫，说话的时候眯着眼睛在笑，缺了颗门牙，还漏风。

奶声奶气的，听着真是可爱得紧。

“你别躲啦，我都看见你了。”小萝莉并不能领会闻铭躲避她是因为讨厌，还以为他和自己玩捉迷藏，兴致盎然地说，“那等下换我躲起来，你来找我啊。”

闻铭躲在姐姐身后没吭声，被闻妮妮一把拎到前面。因为他实在太小，和闻妮妮力量悬殊，无法反抗，只好用脸上的厌烦来表达不满：“女孩子真麻烦。”嘟囔的语调是与年龄极为不相符的老气横秋。

闻妮妮听闻铭在家里提过几次，班里有个烦人的女生，老爱追着他做游戏。八九不离十就是这个小萝莉了。她盯着小萝莉打量了几眼，这眉眼怎么看怎么熟悉，抬眼撞见不远处信步走来的郝堂，忽然间意识到了什么。

这小萝莉该不会是……

郝堂的……私生女吧?

向来对他人的外貌特征不甚在意的郝堂，分不清张三李四的区别，医学上将这种病症归纳为“脸盲症”。

郝堂隐隐觉得有道灼热的视线落在他身上，盯得他头皮发麻。他抬眼张望，终于在攒动的人头之中，准确锁住投来视线的闻妮妮的方位。

完全没经过大脑分析，他就提取出了姓名。

怎么又是她?糖癌晚期患者闻妮妮。

庄严同学的调侃应时应景地在他脑海里响起：“你是不是欠人家小姑娘钱了？”他指的是闻妮妮在学校里到处造谣郝堂体质虚弱的事情。

郝堂记得当时自己用“有点纠葛”做了回答。

说完之后对上庄严同学意味不明的眼神，他才顿觉表述有几分不妥。毕竟纠葛这种东西，在生活中多是和“感情”组合。他和闻妮妮，顶多算是“被谋杀未遂”和“谋杀未遂”的关系。

依稀记得那是个下着雨的清晨，他心情不太好，具体是什么原因诱发的，他完全记不清了，现在想来也许是预感到后面会发生的一切吧。

不知道从哪里突然冒出的陌生女孩，垂着两束羊角辫，围着他喋喋不休好一阵子，主题是要请他吃糖，手段简单粗暴。小女孩举着剥开的糖果，将他逼至角落，嚷嚷着非要他尝一尝味道。

郝堂不像别的孩子，确切地说是没有那么多孩子气的习性。很小的时候，他已经懂得克制和自律。得知吃糖会长蛀牙后，他就奉为圭臬，没再吃过一颗糖，久而久之就忘记了，自己到底是生来就不喜甜食，还是他的自律让他忽视了。

面对“羊角辫”的不依不饶，他拼死抵抗，却还是被女孩钻了空隙，不知她什么时候已经将糖果送进他嘴里。

甜腻的糖果卡在咽喉处，不上不下，让他一口气透不过来，憋得满脸通红，眼泪都快出来了。最后他硬生生地将糖咽了下去，半条命也快去了。留在喉咙间粗粝的质感，令他记忆犹新。

经历了闻妮妮的事件之后，他对糖果切切实实根植下心理阴影。

不过说起来也都是幼儿园的事情了，记忆所剩无几，只在偶尔看见糖果之后，这个插曲才会被翻出来短暂温习。幼儿园毕业之后，两人分道扬镳，直到高中才重新有了交集。

不，那也算不上是交集吧。毕竟两年来他们一句话都没说上。

闻妮妮正准备脚底抹油溜走，却发现闻铭死死地抓着她的衣角。

空气中有淡淡的香气，随着轻风拂过脸颊，让人蓦地想到新出炉的糖果，还绵软地挂在模具上，被糖果师傅灵巧的手拉成均匀的长条，一下两下……

她下意识地舔了舔牙尖，对甜味的渴望怂恿着她将手伸进裤袋，掏出早上出门前匆忙塞进的一把糖果。

然而这个动作还没有完成，就被一口小奶音打断：“请问你是闻铭妈妈吗？”小萝莉看着闻妮妮，笑得一脸天真无邪。

闻妮妮这才后知后觉地发现面前身姿笔挺的郝堂正凝视着她，明眸里藏着似有若无的笑意。

香味好像更浓了，像是有甜津津的味道在舌尖蔓延开。

闻妮妮尽量不动声色地咽下口水，偷偷地将手从口袋里伸出来，好让自己看起来像个正常人一点。

“闻妮妮是我姐姐！”闻铭纠正，“你见过有这么矮的妈妈吗？”

这死孩子！

闻妮妮二话不说小手就揪上闻铭的耳朵，激动之下音调难免拔高：“我还在发育期呢！”也忘记旁边还有某人在旁观。

手正要微微使力，听到一声促狭的笑，她侧头对上旁边的人，只见郝堂笑意未收，两排牙齿从唇缝中露出，好似白瓷。

这是闻妮妮第一次知道，原来有人能没出息到为了几颗牙齿都心跳加速的。

也是第一次知道，她就是那个没出息的“有人”。

后来在给郑小悦描述这一场邂逅的感想时，词汇匮乏的闻妮妮给出的赞美是：“他的牙口好，一看就是钙含量充足。”

郝堂被闻妮妮盯得不好意思，虚虚握拳贴着鼻子咳嗽了一下，礼貌地点头：“你好。”

膝盖被人顶了一下，闻妮妮才恍然醒过来，听到底下传来闻铭嫌弃的蚊子哼哼般的声音：“姐，你白内障啊？”

“你才白……呢。”要不是现在郝堂在这里，她要顾及形象，闻妮妮保证会给这臭小子一顿揍。

然而她现在也只能咬着后槽牙笑里藏刀：“我家弟弟就是幽默。”顺便用背在身后的一只手朝闻铭竖了个中指以示警告。

郝堂将她的这些小动作都看在眼里，但也没戳破，只是笑眯眯地看着，欢愉是发自内心的。即使他自己也不知道，那股子莫名其妙的欢愉是哪里来的。

“我是郝恬，这个是我哥哥。”小萝莉介绍的语气里颇有几分自豪，“我哥哥很厉害的，是全校第一名，年年都拿奖学金。”

闻妮妮当然知道郝堂有多厉害了，她还知道郝堂他有个不为人知的隐疾……想到这里，她失声笑了出来。

“我姐也很厉害，是游泳队的老大，每次都拿金牌。”闻铭不服气地叉腰。

被如此大张旗鼓地炫耀，闻妮妮还真有点心虚。虽然她拿过不少金牌，可“游泳队的老大”这名号，只能在家里吹吹牛罢了。她急忙打断闻铭的话：“我叫闻妮妮，初次见面，非常荣幸。”

自以为非常得体的开场白。

郝堂怔然，初次见面？

郝堂揪着“初次见面”四个字，好一番琢磨。他轻轻哼了一声，闻妮妮这睁着眼睛说瞎话的本事倒是练得驾轻就熟。他脚步向闻妮妮靠了一步，刻意针对她的“初次见面”回应了一句：“郝堂，久仰大名，以后请多多指教。”

没想到郝堂看着一本正经，还会搞拍马屁这种套路。闻妮妮在心头将“久仰大名”四个字默念了一遍，乐呵呵地想着。

对比之下，她觉得自己刚才的言辞太过苍白，没有表现出十分的热情，又忙不迭补充几句奉承话：“虽然我们初次见面，不过你的大名我也是早就如雷贯耳。我很久很久以前就想认识你了！”

还有，你闻起来真的好甜啊。

像新鲜出炉的糖果。

郝堂挑眉轻笑，更近一步：“哦？怎么如雷贯耳了？”他好整以暇地等着闻妮妮还能说出些什么瞎话。

“你都不知道，贴吧上可多关于你的消息了，最多的时候，一天更新十七条内容……”闻妮妮没看出郝堂是存心刁难她，反而津津有味地说起来。

她猛然想到自己年少不懂事，还注册了一个小号专门黑郝堂来着。高一那会儿她也不知道自己为什么对郝堂藏着那么大的敌意，没事儿就在贴吧上叨叨郝堂的缺点。只要有人夸郝堂，她就忍不住反证，好像积了八辈子的仇恨。

也许是出于优等生和后进生阵营的积怨。归根结底还是老师、家长们对优等生的偏爱，以及对后进生的偏见。凭借一张试卷来断定学生好坏的标准，总是让人不服气的。而郝堂作为优等生的代表，自然是要被讨伐质疑。

就在一年前，闺蜜郑小悦提起郝堂的种种优秀时，闻妮妮都还是嗤之以鼻的态度，甚至对郝堂与“好糖”同音的事情耿耿于怀，当时她就登上贴吧愤愤不满地发了个帖子：郝堂虚着呢。

谁知道话题引起热议，底下一排站队“郝堂不虚”的小迷妹，以及一堆闲得无聊的吃瓜群众刷满评论。最后还登上校园十大不解之谜，即“郝堂虚不虚”。

话题最终因为当事人没有任何声明渐渐冷却热度。直到郝堂高二参加校运动会，直接摘下五千米长跑金牌，还打破纪录。这才再度引起同学们的热议，这下子有了定论：不虚。

有一种关注，始于来路不明的好胜心。

郝堂之于闻妮妮，便是如此。

因为运动会的这件事，闻妮妮对郝堂的看法有所改观了，也不知道怎么地，就黑转路，路转粉，渐渐地，还对郝堂有了些莫名其妙的崇拜感。

“对了，你不逛贴吧的吧？”闻妮妮小心翼翼地试探，声音从嗓子眼悠悠地飘出来。

话一出口，她心里的懊悔泛滥。没事儿提什么贴吧啊，这不是自掘坟墓吗？真想抽自己两大嘴巴子。

面前人那战战兢兢的神情，明摆着是此地无银三百两。郝堂绷不住表情，险些要笑出来。他确实很少玩那些社交软件，可以说基本不玩。然而闻妮妮这副表现，激起了他的好奇心。他刻意顿了几秒钟，欣赏完闻妮妮满脸焦虑的表情后，才不咸不淡地“嗯”了一声。

闻妮妮长长地舒了一口气。

这会儿她看着郝恬，分外亲切。她摸进裤兜，掏出一把糖果，半蹲下，送到郝恬面前，笑得像个人贩子：“小妹妹你尝尝，这糖果挺好吃的。”真是越看越有一种亲切感。

郝恬有点犹豫，一眨不眨地盯着闻妮妮的掌心，却又迟迟没有伸手去拿，小小的脑袋仰着去看郝堂。

闻妮妮以为郝恬在客气，脱口而出：“别见外，都是一家人。”话音刚落，她抬眼对上郝堂意味不明的凝视，这才意识到自己说了些什么胡话。

闻铭用眼神抗议：我拒绝和这个鼻涕虫成为一家人！

“有首什么歌不就是这么唱的吗？五十六个民族，五十六枝花，五十六个兄弟姐妹是一家……”

“民族平等是实现民族团结的政治基础，民族平等和民族团结是实现各民族共同繁荣的前提条件。”郝堂不假思索地接下话茬，转头慈眉善目地看着郝恬，“想吃就拿吧。”

征求到哥哥的应允，郝恬顿时笑靥如花，矜持地拿了一颗。闻妮妮掌心里还躺着一大把的糖果，出于礼貌，她捧着糖果送到郝堂眼前。

郝堂条件反射地后退了一小步。

“这颗是店里特别推出的‘好糖’，挺适合你的，和你的名字一样。”闻妮妮摆出谄媚的笑容，指了指躺在中间的那一颗，那是糖果店特别推出的品种，名字就叫“好糖”。

好糖，郝堂。

糖吃在嘴里，就好像把郝堂吃到嘴里一样。

“我哥哥从来不吃糖的。”郝恬已经撕开糖纸，声音含混不清，“我自己家做的糖果，哥哥也从来都没有吃过……”

后面的话完全听不清楚，不过前面的重点，闻妮妮倒是画得很快。一听郝堂不吃糖，她立即见风使舵地和糖果撇清关系：“太巧了吧，我也是完全不喜欢吃糖，我买来这些是拿来做……做学术研究的！你一定觉得很不可思议吧？”

因为她也觉得很不可思议啊。

她到底在胡说些什么鬼话啊……

糖果：屁！你之前明明不是这么说的，你这个“大猪蹄子”！

言罢，闻妮妮握拳，将糖果收在手心，正要送回口袋，惊觉指骨一凉，见郝堂的右手覆在上面。

“既然如此，也给我一颗研究下吧。”郝堂似笑非笑地掰开闻妮妮的手指，挑了她推荐的那颗糖，在几人目瞪口呆的注视之下，将糖果放进了裤袋。

闻妮妮自认为她这人吧，大的优点不敢说，但对玩游戏还是很在行的，真是应了闻铭那句“头脑简单，四肢发达”的评价。

大家做完热身运动后，正式进入第一个项目“小鸡出壳”。闻铭发令，闻妮妮拿起一张报纸，小心翼翼地在中间撕破一个小洞，先钻出头，再依次将肩膀、手和脚钻过去，这样就算完成一个回合。

三十秒过后，闻妮妮已经完成了好几个回合，偷偷用余光去扫旁边的郝堂，见他皱着眉头，还在和第一张报纸做抗争。

郝堂的成绩排名是年级第一，各类变态竞赛都能杀到前三，每年运动会也总能拿几个冠军，毫不夸张地说，摞起来的奖状、奖牌都能装个麻袋。但偏偏是这高大身形，让他在报纸面前无法施展。

看着无所不能的郝堂，盯着一张破得不成形的报纸皱眉头犯难，闻妮妮也不知怎的就笑出了声。

她倒不是幸灾乐祸，只是因为自己能够看到郝堂如此与众不同的一面而开心，并且这与众不同的一面，只有她看到了。

这也许就叫作把自己的快乐建立在别人的痛苦之上？

郝堂听到闻妮妮的笑声，窘迫地瞄了她一眼，眉心拢成一个大大的“川”字，但还是英俊得令人移不开视线。

好在第一个项目很快结束。

第二个项目是“哪吒闹海”，需要三人参与，幼儿园老师简单说明了规则：“妈妈举着玩具篓站在场地一端，孩子是小哪吒，爸爸抱着孩子站在……”

闻妮妮还在认真听着规则，郝堂忽然转头盯着她，浅笑着：“嘿，我们合作吧？”

左右看了好几遍，闻妮妮确认郝堂是在和自己说话，并且说这句话的时候，他带着很诚恳的表情。

她望进他深邃的眼底，依稀有光影流动，搅得她心口泛起一波又一波的涟漪。

通俗来说，就是心口小鹿又癫痫了。

郝堂以为闻妮妮在犹豫，但其实是闻妮妮看着他的脸走神了。三十秒之后，闻妮妮特别诚恳且郑重地回了他一句：“你能不能再把刚才的话说一遍？”

虽然有点疑惑，但他还是配合地点点头，重复道：“我们合……”

“我愿意！”闻妮妮笑得花枝乱颤。

游戏正式开始了。

郝堂抱着闻铭，闻铭从蓝色布匹装饰的“海浪”里捡出蓝色纸团，然后往闻妮妮举着的纸篓里砸。

妈妈常说闻妮妮这人没多大优点，但好在臂力不错，以后就算找不到工作，也能耍个杂技混口饭吃。闻妮妮想，要是来看她演出的观众是郝堂的话，那她一定会演砸的。

对着两米之外的那张俊颜，闻妮妮实在没办法坐怀不乱地继续玩游戏。

眼看着别的组已经遥遥领先，闻铭急得踢腿：“闻妮妮，你怎么这么笨！”

好几个纸团都砸到闻妮妮脸上，弹了出去，有一个直接擦过眼角，生理反应下，闻妮妮的眼眶红了。

闻妮妮揉了揉眼睛，也不知道郝堂什么时候走到面前，柔声细语地问她：“你没事吧？”

你瞎啊……

闻妮妮差点将这句口头禅说了出来，但一想到对面是郝堂，又硬生生地咽了下去。啧，要装个淑女也真是令人为难。

闻铭以为闻妮妮哭了，难得露出一点慌张表情，讪讪地搓着小手说：“姐，我不是故意的。”

闻妮妮知道闻铭不是故意的，因为他急着进球，而她又忙着心不在焉。

“好像有一点点事……”闻妮妮摇摇头，从努力撑开的狭窄视角里，看到骤然放大的俊颜，郝堂的睫毛很长，眼窝很深，褐色眼角深邃又迷人。

特别是闻起来真的……好甜啊！她微不可察地吸了一口气。

“哪里？”

心脏跳得太快了。

“怦怦……怦怦……怦怦怦怦……”

不知道是不是要打个120急救电话。

没见闻妮妮回话，郝堂俯下身来观察她受伤的眼睛：“眼睛很痛？还是去看一下医生吧？”

他的指腹贴在她的眼角上，冰冰凉凉的。

感觉要先看个眼科……

长这么大以来，闻妮妮大脑空白的情况总共就发生过两次：一次是她在偷看电视后，拿湿毛巾给电视机“退烧”的事情败露；另一次就是现在郝堂和她四目相对的场景以及接下来会发生的场景。

一般小说中的男主角说了以上台词之后，后面的剧情就应该是男主角带着女主角去看医生。

两人靠得很近，郝堂身上那种清甜的香味就更浓烈了些。她不由自主地吸了吸鼻子，发梢蹭着郝堂身上的纯棉衣料，情绪酝酿到位，三分羞怯，五分柔弱：“公、公主抱吗？”

闻妮妮正准备演一个娇弱无骨的女子，往那香甜的怀抱里靠一靠，就听到闻铭捂着嘴咯咯笑：“姐，你太重了，等下把郝堂哥哥压坏了。”

你放屁!

从小区出来，直走一百米再转个弯，就到了“一颗好糖”糖果店，营业时间是早上九点到晚上九点。一般闻妮妮趁着周末去采购一番，屯好一个星期的口粮。

今天过来的任务，主要是还愿，顺便屯粮。

在今天之前，闻妮妮是一个唯物主义者，然而今晚之后，她决定迷信一把。

幼儿园偶遇郝堂这件事，说起来还真的挺邪门的。

闻妮妮盯着糖果店里这株两米高的糖果树，寻找着前一天晚上自己挂上去的字条。好不容易在那密密麻麻的糖果中找到自己做了特殊记号的糖果纸，她欣喜地将它摘下来摊开，里面安然地躺着“郝堂”两个字。

老板娘说，在糖果纸上写上你要祝福的人的名字，那个人的一生就会被糖果包裹，甜甜蜜蜜。

她的指腹摩挲着那两个字，竟生出一点点心慌意乱。

以前闻妮妮不明白，为什么妈妈明明对买彩票一夜暴富的梦想嗤之以鼻，却又每次管不住自己要偷偷买上几张。

现在她似乎有那么一点明白了，那只是对某件事某个人表达的一种心情、一个态度。

白日梦是一定要有的，反正做一做又不花钱，万一实现了，那可是白赚的。

瞧，上天见她将郝堂名字写上时的诚意，就给了她一点小回报。

趁着四下无人注意，闻妮妮双手合十，“中西合璧”地说了句：“感谢，感谢！ Thank you！ Thank you！”这样不管是中国的如来佛祖，还是外国的上帝，都能听懂了。

“请您一定要忘记我以前诅咒郝堂的那些话，就当作是放屁。屁李斯（Please）……”后面的英文她也不知道该怎么翻译，就在那边“屁”了好久。

等她从沉浸在自己过人的智慧中回过神，抬头就看见琳琅满目的糖果盒空隙中，透过来一张清秀的脸。

我去！

还有比在一天之内两次遇到郝堂更邪门的事情吗？

她能很清楚地辨析出他在笑，而且是在冲着她笑。

周围五彩斑斓的盒子，衬得他肤色更亮白。暖黄色的灯光斜斜地打在他睫毛上，在眼睑投下一片暗影。

眉眼弯弯，唇瓣微扬的样子，真是……好看。

她有点挪不开目光了。

所谓惊鸿一瞥，大抵是如此了。

好像一颗大白兔奶糖在对闻妮妮挑衅：有本事就把我吃掉啊。

闻妮妮觉得自己真的病得不轻，可能这一整天都是自己在做一场梦。恍惚间，她看到一个挥着翅膀的黑色小人，朝她脸上狠狠扇了一巴掌："你醒醒吧！"

"是啊，我醒醒吧。"闻妮妮伸手要掐手臂。

掐了一下。

"没感觉？"

再掐一下。

"也没什么感觉？"

那么再掐一下。

"现在有感觉了吗？"

“有，感觉皮肤丝丝润滑，紧致结实了不少。”闻妮妮回完话，才猛然察觉到不对劲，她低头一看，自己正摸着一只粗壮的手臂，再抬头一看，手臂的主人正好整以暇地挑眉看她。

“又见面了。”郝堂用眼神示意了下闻妮妮那只还搭在他手臂上的手，笑开了，“从来不知道闻妮妮同学还有这种兴趣爱好。”

什么……兴趣爱好？

闻妮妮一颗心怦怦直跳，连忙缩回手，刚想要询问郝堂话里的意思，便闻见他身上淡淡的糖果香气。她一紧张又咽了咽口水，开始答非所问：“我来买买买……”

她怎么一见到郝堂，这舌头就捋不直了呢？

能不能有点儿出息？

“来买用作学术研究的糖果吧？”郝堂垂下手臂，打量了闻妮妮一眼，换了个站姿，一本正经地瞎扯，“我也是。”

某贴吧上有这么一个热帖：人生事后总感觉没发挥好的六大事件，排在首位的就是“和喜欢的人聊天”。

闻妮妮觉得她此刻的心境充分论证了这条准则。

“今晚的月亮不错。”

说出这句话之后，她就开始后悔。

郝堂看了看顶上明晃晃的大灯，哼出一个轻快的鼻音：“嗯，如果没有房顶的话。”

一方面光顾着心跳，根本想不到他们还能聊些什么；另一方面她发现老板娘正用意味深长的眼神盯着自己，似乎在恐吓她说：“小样儿，还学术研究呢？别以为我不知道你怎么会长蛀牙的！”

闻妮妮张了张唇瓣，担心自己常常光临糖果店买糖的事迹会被老板娘戳穿，那样自己在郝堂面前苦心经营的角色就会崩塌，于是她先发制人，逃为上计：“那个……我先走了。”

刚一转头，她顿觉不对，要是自己走了，老板娘在背后和郝堂说自己坏话怎么办？

她又回过头：“我们一起走吧。”

没等郝堂有所反应，她直接抓住他的手腕往门外冲，还不忘用另一只手捂住脸。

老板娘望着远去的两个背影，嘴角闪过一丝窃笑，迅速拨通电话：“孩子他爸，劲爆新闻，你儿子终于牵小姑娘的手了，不对，是被小姑娘牵手了……我说你儿子今天怎么愿意来店里帮忙，以前喊他一次也不愿意来。”

走出糖果店，凉风吹乱她额间的碎发，太阳穴“突突突”跳得厉害，闻妮妮仰头看了一眼除了黑什么都没有的夜空。

等气息稳定了些，她朝郝堂招了招手，悄声说：“我偷偷告诉你，这家店的老板娘人有点不正常，你以后千万千万不要来了。如果路上遇到她，也千万千万不要听她乱说什么……”

郝堂挑眉，瞥了一眼腕关节上某人抓得紧紧的手，心不在焉地附和：“看着确实不太正常。”

闻妮妮思量，说不正常呢，好像太过分了一点。她又改口纠正：“话也不是这么说，其实她人蛮好的，经常给我免费糖果……我的意思是说，她知道我要做研究之后，就经常赞助我，给我糖果做实验。不过，她说这事情不能告诉老板，所以你千万要保密。”

“哦。”郝堂诚恳地点点头。

两人对视了一眼，闻妮妮发现郝堂没有要离开的趋势，于是问他：“还有其他事吗？”

郝堂委屈地用眼神示意自己右手手腕关节处，闻妮妮这才发现自己竟然一路抓着他都没松手，且用力过猛，她发现那手腕居然——

瘀青了！

她最近的力道这么大，都把人家给捏得瘀青了啊？

“不好意思啊，我忘记自己还抓着你的手了。”闻妮妮连忙松开，有些不好意思地抓了抓额前碎发，“你怎么也不吭声啊？”

“咳——”郝堂捏拳装模作样地配合了一声，还有开玩笑的心情，“现在吭声也不晚。”

“对不起啊，我一定会负责的。”闻妮妮懊恼得快要哭了，胡言乱语起来，“你觉得疼吗？是不是错位了？要不先去诊所看下吧？就是我身上钱没带够……你等我回家取个钱……”就差来个九十度深鞠躬表示自己的歉意。

万一把学神的手弄残废了可怎么办？

这可是要杀进北大清华的学霸啊。

闻妮妮霎时间想到自己跪在司令台上，背上绑着一块写着“千古罪人”的木牌子。段长举着明晃晃的大刀问她：“闻妮妮，你还有什么话好说？你自己不思进取，还将我们的希望之火拖下水，砸了学校千百年的口碑……”

底下站着一众举着菜篮子要朝她扔鸡蛋的同学。

郝堂气定神闲地盯着闻妮妮那张绯红的脸，被她手足无措的样子逗得快要压制不住笑容。他伸手拦下想要跑回家取钱的闻妮妮，憋着笑道：“别担心，不是很严重。这么晚回去取钱，你要怎么和家里人说明？”

“可是明天就是月考了，万一你的手影响你发挥，没拿到第一名怎么办？听说这次是全市统考。”闻妮妮埋着头，捏着衣角，局促不安地踱步，“那么重要的考试，要是因为我出幺蛾子……”她简直不敢想象。

郝堂眼梢带着笑意，略勾了下嘴角：“对啊，这么一想还真是焦虑。”

闻妮妮将头埋得更深了，一双小手摩挲着，暗自嘀咕着什么，忽而抬起明亮的大眼睛，像是做出了什么影响一生的重大决定，问得很认真：“代考被抓住的话是不是很严重？”

郝堂：“……”

在郝堂的好说歹说之下，闻妮妮才打消了代考的主意。将所谓的“负责”，改成她送郝堂安全到家的任务。

郝堂给出的理由是——回家路段的车辆往返频率约为五分

钟三辆车，如果他被撞到了，但因为右手手腕受伤而不能求救错过抢救最佳时机的话，她就罪孽深重。

自知罪孽深重的闻妮妮，一路上忐忑不安地盯着来往车辆，将郝堂护送到他家小区门口，顺便还帮他取了个快递。

“对了，这里是哪里来着？我要去金桥文苑怎么走啊？晚上这路很难认，都是黑的。”闻妮妮茫然地环顾四周。她本来就是个路痴，一到晚上更是东西南北不分，而且刚才她光顾着给郝堂挡车，完全都没注意路上的标志，不知不觉就跟着他走到这鬼地方。

郝堂用下巴示意了一下：“对面。”

“对面？”闻妮妮回头瞄了一眼黑漆漆的马路对面，“对面是小区啊。”

“是……”闻妮妮盯着拱形廊柱，念出上面的几个金色大字，“金——桥——文——苑——也叫金桥文苑啊。

“好……好巧……我也到家了。”

郝妈妈九点钟歇业回家的时候，郝堂已经坐在自己房间里写作业，姿势端正得很。她端着一杯刚泡好的牛奶走进去，往他作业本上瞟了一眼，想要搭个话：“哟，在看书？”

郝堂淡淡地“嗯”了一声，笔速没有放慢丝毫。

“今天那小姑娘是你同学？”郝妈妈状似漫不经心地笑着提了一句，放下牛奶的间隙，瞄到桌上的一颗糖果。

反常！

实在是太反常了！

她知道儿子从来不吃糖果，还对糖果有一种莫名其妙的厌恶，连自家开的糖果店都没去过几次。能在他的桌上看到一颗安然无恙的糖果，简直堪比世界十大奇迹。

女人的直觉让郝妈妈嗅到了不寻常的味道：“那小姑娘挺有趣的。”

“笨得可以。”郝堂摇头叹息。

郝妈妈试探着：“儿子，你什么时候喜欢吃糖了？家里开糖果店这么多年，我也没见你吃过一颗。”

“我不吃，拿来做学术研究。”重点研究某闻姓顾客的喜好。

“不过那个小姑娘，倒是很喜欢这款糖果。”郝妈妈似笑非笑，扔下这么一句不清不楚的话就踱步离开房间。

听到门被关上的声音，郝堂才松了松肩膀，目光被那糖果吸引，他伸手抓起糖果，放在手心里把玩了一下。

这鬼东西到底有什么好吃的？值得开心成那样？

他试着剥开糖纸一角将糖放在鼻翼前，轻轻地嗅了嗅，忍不住皱起眉头。

果然还是记忆中那股腻人的甜味。

他将糖果纸重新揉了回去，抬手想将糖扔进旁边的垃圾桶，可手没松开，又放了下来。他看着手心里那颗极小的糖果，被透明的塑料糖纸包裹着，在台灯下折射出五颜六色的光。

他脑海里蓦地闪现出两人方才挥别时，闻妮妮那一脸恨不能撞墙的窘迫表情以及狼狈逃窜的背影。

果真是个不太聪明的人啊。

她跟踪了他一年多，连家庭地址都没搞清楚，业务能力也太差劲了。

也是，喜欢蹲在垃圾桶旁边，一口气剥开五颗糖果，撑得腮帮子鼓鼓的，正常人都做不到吧？

她开心的时候吃糖，生气的时候吃糖，甚至无聊了也要吃颗糖。

在他有意无意间撞见闻妮妮的每个时刻，她都在吃糖。

他忽然很想扒开她嘴巴看一看，那一口牙都坏得差不多了吧。

他越想越觉得口腔里像是塞了颗糖般甜得难受，端起牛奶喝了一大口，发现牛奶也是甜的。

他拿出一个小盒子，隆重地把糖放进去，将盖子盖好。末了，他如梦初醒般，被自己这奇怪的举动逗笑了。

桌角手机的显示灯一闪一闪的，提示有消息进来了。

庄严发来的微信消息，三条：

“你没事吧？”

“真要看贴吧？”

“以前我截屏给你，你都不看一眼，什么时候对这种东西感兴趣了？”

郝堂言简意赅地回复：“今天。”

早知道就不咨询庄严学校贴吧的名字叫什么，还不如自己检索来得快。

再三催促下，庄严才回了消息：“你输入‘德郡郝堂吧’，不过那人销声匿迹很久了，估摸着已经被你的小粉丝们教训过。”

屏幕将将要暗淡下去，又跳出庄严的消息，是一个贱贱的笑脸，以及一句：“到底是什么人让我们的‘佛系郝’开始在意起黑粉了？是人性的扭曲，还是道德的沦丧，欢迎收看本期《法制节目》——走近郝堂。”

郝堂拨弄几下键盘，发送：“明天上午语文月考。”

庄严不服气地回击：“那你不也没复习。”

郝堂：“第一名和第十名不一样。”

庄严：“这么嚣张活该有黑粉。”

郝堂根据庄严的指导注册了一个贴吧账号，然后进入“德郡郝堂吧”，直接跳到尾页开始浏览。

庄严说得没错，早在一年前，有个名为“每天都要吃糖糖”的 ID 就频繁出现在各个帖子下面，尤其是关于夸赞他的帖子，这位“每天都要吃糖糖”的壮士总是要发表一句反驳的话。

比如有人说：郝堂长得好高。

“每天都要吃糖糖”就会回一句：浪费布料。

再比如有人说：郝堂的成绩怎么会这么好？好羡慕啊。

“每天都要吃糖糖”会说：自古斯文出败类。

有人说到：郝堂这么完美的人，应该没有任何缺点吧？

“每天都要吃糖糖”：不，他有隐疾。

郝堂搓开笔盖，沉思，他怎么不知道自己有什么隐疾？

与此同时，“每天都要吃糖糖”ID 拥有者闻妮妮同学，正捏着手机和她的死党郑小悦分享这一天的奇遇。

“阿嚏——”闻妮妮擦了擦鼻尖，怎么觉得脊椎骨凉飕飕的？

“闻妮妮！你说话啊！后来呢？郝堂拍你马屁之后怎么样了？”

郑小悦是闻妮妮读初中时的同桌，留短发，穿宽松运动服，十足的假小子一个，如假包换的学渣，但是靠着会跑步，直接跑进了校队。中考时，她以优秀体育生的身份被尖子班录取，成为郝堂的同班同学。

一开始郑小悦对闻妮妮的话抱以怀疑态度，认为她是思念成疾，产生了幻觉。

在闻妮妮以下半学期都不给郑小悦抄作业为威胁时，郑小悦抹着眼泪万分诚恳地表示相信她。

为了让故事生动形象一些，闻妮妮往里面加了一点个人色彩。

毕竟艺术来源于生活，但总是要高于生活嘛。

闻妮妮说起郝堂因为偷看自己连着输了好几场比赛，还险些为了自己和不识相的臭小子打架，不过她巧妙地避开了臭小子指代闻铭的这个事实。

郑小悦在电话那边连叫了几声“我去”，似乎还摔了一跤，传来丁零哐啷的声音。然后闻妮妮就听到电话里一阵河东狮子吼，不用想也知道是郑妈妈在咆哮。

“造反了？你想把房子给拆了啊！窝房间里一个多小时了就顾着打电话，是不是和男同学打电话？”

“我和妮妮在讨论学术问题……”

闻妮妮一直想不明白，郑妈妈怎么会对自己的女儿抱着如此大的信心，时常怀疑郑小悦会早恋。

想了想，闻妮妮忍住未说出后来郝堂和她四目相对，且准备要公主抱的香艳画面。

刚从地上爬起来，郑小悦气喘吁吁：“真是看不出来啊，郝堂平时看着是个正人君子，居然还对你动手动脚的，真是人面兽心、斯文败类、饥不择食……”她一股脑儿将她所学到的四字成语都扔了出来。

听到后面闻妮妮才觉得不对劲儿，急得跳起来维护郝堂的形象：“你才人面兽心！你才斯文败类！你才饥不择食！”

以防郑小悦回击，闻妮妮以迅雷不及掩耳之速先一步将电话给掐断了。

她窝在靠椅上，对着面前摊开的数学练习册，闭上双眼，双手合十虔诚祈祷：“天灵灵地灵灵，希望菩萨快显灵，明天的考试可千万不能出幺蛾子。郝堂一定要拿到第一名，我这条小命才保得住啊……”

门外的闻铭偷听完这番话，转眼间捧着电话机就向还在度假的爸爸妈妈汇报：“爸妈，你们快回来……我刚刚听到姐姐说，明天考试拿不到第一名就保不住小命了。”

第二章 / 魔鬼糖

让魔鬼可爱一点的办法，就是把它变成魔鬼糖。

——闻妮妮的《糖果手札》

这次的月考考场排位，年级段长突发奇想，打乱了所有学号，系统随机安排考场。

简言之，闻妮妮是被系统送到郝堂身边的。

没错，她的位置就在郝堂前面。

系统大概是对她充满了恶意。

时间尚早，还不能进入考场，走廊上零零散散站着一些百无聊赖的学生，或拿着小本子念念有词，或两两交流着可能会出的试题。

闻妮妮趴在围栏上，望着雾蒙蒙的天际，脑子被周遭的对话声音搅得一片混沌。

这几天为了准备考试，她把脑子都掏空了，自认为准备得不算十分充分，也有八成充分。可现在听着边上同学们说着必考题目，她竟然一个也答不上来。

认命地叹了口气，她从口袋里拿出小卡片，重温了一遍《梦游天姥吟留别》，在一句一偷看的模式下，好歹是磕磕巴巴把全篇念完，末了仰天长叹："安能摧眉折腰为月考，使我不得开心颜！"顺势往嘴里塞了一颗魔鬼糖。

糖果遇到温热的口腔，像火星般蹦开，发出噼里啪啦的响声，可乐香气迅速在舌尖弥散开。

某个同学喧闹的声音也在耳边散开："你背了《梦游天姥吟留别》吗？老师说是必考内容暖。"

"笨蛋才会花10分钟准备一道2分的题目。"言罢，郝堂目光不动声色地扫了远处的某笨蛋一眼。

闻妮妮正好听到这一句，在心里反驳：胡说，一个小时都背不下来。

她正准备回头看看是什么魔鬼这么嚣张，结果发现是郝堂。

嘴里还有些糖果碎片，全被她咽了下去。

唉，算了算了，就算他是魔鬼，也是含糖量极高的魔鬼糖。

庄严看到闻妮妮，轻轻顶了下郝堂的手臂："那不是你的小黑粉吗？冤家路窄哦。"那个"哦"字音调拉得格外阴阳怪气。

"暖暖暖，小黑粉在看你，看得目不转睛的。"

"你能不能闭嘴，很吵。"郝堂一脸不耐烦地回复，却还是不自觉地将视线转移到已经走到面前的闻妮妮身上。

见她欲语还休。

“有什么事？”他问。

“那个……”闻妮妮小手指轻轻地指了指郝堂的手，整个人更乖巧了，“能不能把你的手给我……”

庄严转头看郝堂一脸愕然的表情，低低地笑了一声：“兄弟你行啊，这么快就牵上手了。”

闻妮妮：“不是，你误会了……我就是想看看瘀青的地方，昨晚我把他弄伤了。”

不解释还好，这么一解释，庄严脸上的笑意更浓，颇有深意地强调：“昨晚这么激烈……难怪请你吃串串都不来了。”

闻妮妮没明白庄严到底在说什么，可是郝堂却明白了。

青春期的男孩子，总喜欢开些乱七八糟的玩笑。

他盯了庄严一眼以示警告，脸颊却不自控地发烫，迅速回绝了闻妮妮的请求：“不用……”

“了”字还未来得及说出口，他眼皮一垂，盯着已经被某人抓过去的手。

“瘀青还是很严重啊。”闻妮妮拧着细嫩的眉心，眼里蓄着一汪水，心里难受得很，“都是我害的，真的对不起。而且还是右手，会影响考试吧……怎么办，怎么办……”

周边的学生们，纷纷看得瞠目结舌。

“快看你左边！”

“看什么……别打扰我……我去！”

“那不是年级第一名吗？他旁边那个是谁啊？”

看着千年不近女色的郝堂一副手足无措的模样，庄严在一旁几度憋不住笑意，见闻妮妮拿下背上的书包，从一堆的文具中翻出一瓶药。

真是越来越有趣了。

庄严揶揄闻妮妮：“同学，你推销错了，这位郝同学没什么钱，买不起保健品。”

“不不不，这不是保健品，这是云南白药。它……”闻妮妮打了两下脑门，哎呀，刚背过的内容又忘记了。她连忙拿着瓶子看上面的说明，照本宣科，“对，它是由名贵药材制成，具有化瘀止血、活血止痛、解毒消肿之功效……虽然是在诊所买的，但应该是正品，老板和我说是正品的。”

郝堂无奈，这个笨蛋，老板怎么会承认自己出售假货。他已经不能用“佩服”来表达内心情绪。

“你能不能和我去一下那边？”闻妮妮忽然紧张兮兮地示意了一下角落的位置，她看了一眼旁边一脸八卦的庄严，声音压得很低，“有点悄悄话要和你说。”

郝堂不知道闻妮妮葫芦里又卖什么药，迟疑地点了点头，遂跟着闻妮妮走到角落。

只见闻妮妮左顾右盼，似乎在确认周围有没有人在看她。等到确认没人看她时，她才小心翼翼地从口袋里拿出字条，放进郝堂手心里，声音很轻："这是月考选择题答案。"

郝堂展开字条看了看，果真上面写着一排的"ABCD"字母。他的表情和声音骤然间都严肃起来："哪里来的？"

这个笨蛋该不会做出什么偷试卷的蠢事吧？不过以她的能力不太可能。

闻妮妮往他身前凑了两步，用手挡在嘴边，压低声音："那个……厕所门上写着QQ号，我加了号码买来的……虽然我知道这样不太好，但是这次月考对你来说很重要……要是你因为我发挥得不好，我……"

郝堂哭笑不得："我是手受伤，又不是脑子受创。"

"可是……"

"可是什么，答案都在我脑子里。"他用食指轻点了一下太阳穴，直接将手里的字条撕得粉碎，"我们不靠这种东西。"

在这个瞬间，闻妮妮觉得眼前这个人的脑门都在发光。

闻妮妮在小学时代，还算是个成绩比较好的学生。她记得有一次考试，发现了班长作弊。成绩出来之后，班长比她高了一分，还到处炫耀分享自己的学习心得，嘲讽比他分数低的同学们。耿直的闻妮妮自然是不服气，将班长作弊的事情告诉班主任。结果班主任不相信，叫来班长对质。班长受同学崇拜，老师关照，又能言善辩，一下子就将事实颠倒为"闻妮妮因嫉妒班长分数高而造谣"，还落得一个爱打小报告的恶名。

成年人的世界讲究效率，可以用结果定性的事情，便不愿意浪费时间探查过程。

大概是从那时候起，她觉得优等生可虚伪了。也是那时候开始，她对学习彻底失去了兴趣。

然而郝堂不一样啊，他的身上带着糖果香气，他的脑门会发光，他说的话听起来也很酷。

他说“这种东西”的时候，眼神里的憎恶是很分明的。

“我以后再也不去厕所买答案了。”闻妮妮看着被撕得粉碎的纸张，对自己险些误入歧途感到羞愧难当，“不对，以后再也不买任何答案。”

“下次还想浪费人民币的话，就给我买水吧。”

“啊？”

在闻妮妮发愣之际，郝堂以极其自然的表情拿过她手中的云南白药。

“愣着干吗？”郝堂指了指她身后陆陆续续进教室的同学们，“该进考场了。”走了两步，他回过头笑了笑，抬起食指点了点唇瓣。

闻妮妮跟着用食指点了点唇瓣，双眼迷茫，愣是没明白郝堂这是什么意思。

早就好奇难耐的庄严，上前两步拉近和郝堂的距离：“你们两个在角落干吗呢？我好像看到她给你递小字条喽，上面写的什么？该不会是什么情书吧？”

“无可奉告。”

“喂，我们的正人君子，该不会是在碰瓷吧？我记得你的手可是前两天打球受伤的……”庄严盯着郝堂手里的云南白药笑得奸诈。

况且郝堂他是个左撇子啊。

察觉到身侧警告的眼神，庄严又硬生生地将话憋了回去，用食指点了点唇瓣，顿觉新奇不已：“还有，这是什么暗号吗？”

郝堂一本正经地纠正：“错，我这是在指引迷途少女，学会关爱同学。”

“那也关爱下我啊，郝堂小哥哥。”庄严模拟娇滴滴的声音嘤咛，同时不忘捏着小拳头捶两下郝堂的胸口。

“你放心，考试结束后，王老师、张老师、孙老师肯定会来关爱你。”

庄严：不提考试会死啊！

月考是较大型的阶段性检测，主要考查一下学生们的学习情况。闻妮妮本来成绩就不好，还因为训练时常缺课。每一次月考对她来说，简直就是大型屠宰场。再加上考前抄的那些“标准”答案，深深地盘踞在脑海，闻妮妮用力抗争着，尽量让自己忽视，结果这么一抗争，倒记得比任何时候都清晰。

不过第一题就不对啊，显然应该是选 A，答案居然是 B。

骗子，无良商家！

相比之下，有着扎实基础的郝堂虽然没有多复习，但对小菜一碟的题目几乎不用多思考，答案就已经出来，间隙还能估算着闻妮妮每道题能得几分。语文虽然是他几门功课里面的弱势学科，但是在别人眼里，他的语文成绩也是闻妮妮望尘莫及的了。

审题、答题，目前为止对每一道题目他都得心应手，除了……古诗词填空。

所有题目都写完，就剩下古诗词填空了，他凭借记忆随便写了几句。反正这里丢掉的分数，下一场考试就能弥补回来了。

郝堂抬头看了一眼前面的闻妮妮，只见她一只手撑着腮帮子，微微侧头，没两分钟又换了另一只手撑着。就这么左手换右手，右手换左手，异常躁动不安。

间或还能听到她的叹气声。

她却全然没注意到讲台上一直对她虎视眈眈的监考老师。

考试时间只剩下一分钟的时候，闻妮妮好似突然来了灵感，拿着铅笔埋头奋笔疾书，涂涂改改，动作幅度很大，一副要力挽狂澜的架势。

考试结束的铃声响起，大家都齐刷刷放下笔。

监考老师从第一排依次向后收卷，闻妮妮的位置在倒数第二个，这为她争取了一点时间。交完卷的同学们都陆陆续续走出考场，转眼间只剩下闻妮妮和郝堂。

郝堂是年级第一名，基本上所有老师都认识他。监考老师又是隔壁班的数学老师，给他们代过几次课，非常欣赏郝堂的天赋，自然也就留下几分薄面，法外施恩给他拖延了几分钟。毫不知情的闻妮妮，顺道沾了光。

郝堂拿着橡皮擦，将末尾的答案擦拭，然后又填上，如此重复操作了几遍，才总算听见前面的闻妮妮长长地吁了一口气：“老师，我好了。”

还非常骄傲似的。

“我也好了。”郝堂不紧不慢地跟着将试卷递上去。

闻妮妮这才发现原来郝堂也是刚刚交卷，有种见到患难之友的情感:“你也觉得这次试卷很难吧？尤其是28题那个选择题，我一直纠结是选A还是B，还好这次的监考老师好，给我们留了几分钟。有一次我遇到一个监考老师，我的答题卡没涂完就被收走了……”

郝堂但笑不语。

“那个郝同学……”闻妮妮忽然想起进考场前，他给自己比的手势，她回忆着又将手势重复了一遍，莫名而来的娇羞，“你刚才指的……这个是什么意思呀？”

郝堂嗤笑一声，故弄玄虚道：“舌头。”

“舌头？”闻妮妮疑惑，努力地将舌头抵到唇外，借着余光瞥到上面黑乎乎的一片，顿时一惊，“中、中毒了吗？”

郝堂看着她的一双斗鸡眼，差点绷不住笑场：“闻妮妮，你到底是怎么考上高中的？”

闻妮妮将舌头一缩，流露出少女的羞涩：“你对我的人生经历这么感兴趣吗？”

“不止，我对你的大脑构造也很感兴趣。”

闻妮妮：“……”

两人走到门口，一个中长发的女生朝郝堂挥手，语气熟络得很：“喂，郝堂，你怎么这么慢啊？这次题目那么简单，可别告诉我你是没写出来。”

郝堂回道：“乐冉，我是多检查了几遍。”

曾听郑小悦提起过很多次，他们班里有个叫作乐冉的女生，不仅成绩很好，颇受欢迎，还是郝堂的青梅竹马。往电视剧和小说里套用，就是小时候定了娃娃亲，长大以后一定会结婚的那种关系。闻妮妮猜测这个女生便是乐冉。

根据郑小悦的主观描述，乐冉是一个“长相粗鄙”的女生。

这会儿见到真人，闻妮妮才发现偏见是一件多么可怕的事。

乐冉的额头光洁饱满，整体五官虽不算多立体，但是很精致小巧。细长的眼睛，很是神采奕奕。她只是站在那儿，你都能感觉到一股傲然之气。

活像个成功人士。

“这位是你同学？怎么从没见过？”乐冉凤眸微眯，睨了闻妮妮一眼。

郝堂给两人介绍了对方。

后一秒，闻妮妮发现除了偏见之外，先入为主也是一件可怕的事。在郑小悦长期的熏陶下，她已经自发性对乐冉产生一种厌恶。

闻妮妮揣度着乐冉扬着下巴的姿态，到底是在看不起她，还是仅仅因为习惯使然。

总之怪讨厌的。

于是她昂首挺胸，也将下巴抬得很高，几乎是用鼻孔对着乐冉，刻意地强调："不算是郝堂的同学，就是我家住在郝堂家的对面小区。"

她心里盘算着：青梅竹马，总是抵不过近水楼台吧？

"那很巧，我们也算是邻居了。我家就住在郝堂家楼下。"

闻妮妮哑然，哪知道人家不仅是青梅竹马，还是近水楼台。

"哦——我知道你了，你就是那个英语第一名吧？"乐冉用手指隔空轻点了一下闻妮妮，豁然开朗。优等生总是对成绩排行榜上的竞争对手格外敏锐。

确实有个同名同姓的闻妮妮，是英语第一名。

可惜不是她。

乐冉此刻这么说，不知道是故意的还是无心的，但闻妮妮听在心里总不是滋味。

闻妮妮蹙眉，抿了抿唇，很想说一句"我是谁好像不关你的事儿"，不过她用余光瞄了一眼郝堂，瞬间就冷静了下来。

不知道郝堂会不会看不起她……

"什么时候给我传授一下学英语的秘诀呗？"

想到自己那张总是被批得面目全非的英语试卷，闻妮妮捏了捏小粉拳。

乐冉一直叨叨着："你该不会是想偷偷藏着秘诀吧？大家

互相帮助，取长补短嘛。我化学不错哦，我可以教你。当然和拿了满分的郝堂是不能比的，因为他是变态……”

考满分这种事，闻妮妮从来不敢想象，毕竟能拿到六十分，就已经让她精疲力竭了。闻妮妮神情怏怏，感觉自己站在这两个尖子生面前，就是个渺小的蜉蝣生物。

郝堂插话:“晚上不是还有饭局吗？”郝堂说完,便转身走了。

乐冉点头：“哦对，我妈怕你找不到酒店，让我来等你一起去。”

“那走吧，时间差不多了。”郝堂说完，便转身走了。

乐冉去追已经走出几步的郝堂,转头又朝闻妮妮笑了笑:“下次约着一起去图书馆。”

这句话中潜藏的挑衅意味，四舍五入约等于“放学以后操场见”。

“乐冉就是堵住马桶的污秽物。”这是郑小悦说的，尽管话糙理不糙，但闻妮妮总觉得有点怪怪的。

反正连着好几天，闻妮妮的心情都是又烦又闷，训练的时候也心不在焉。

见闻妮妮无精打采的样子，关教练还以为她身体不舒服：“妮子啊，怎么了？要是不舒服的话，我给你放一天假，回去休息一下。”

“关教练，学习成绩太差了怎么办？”

“嗨，就为这事儿啊。”关教练舒了一口气，“你可不能因为担忧成绩影响了游泳啊。成绩这种东西强求不来的，像你一看就不是读书的料……”

闻妮妮：“……”她认识的都是什么教练？

说到这里，关教练察觉到闻妮妮微沉的脸色，意识到自己说得有点过了：“不过老话说得好，只要功夫深，铁杵磨成针。成绩不好，其实学习方法很重要。我有一外甥学习成绩挺好的，回头我让他加你微信交流交流。”

队员印璐璐走过来，一脸神秘地说：“教练，我怀疑有人对我们浪里花队心存不满。早上我发现宣传栏的海报被人撕开一道裂痕，对方还刻意又用透明胶粘贴，显然是对我们公然挑衅，这预示着要把我们队撕掉啊。过分啊！”

这边印璐璐还在脑洞大开，阐述她的阴谋论。

“那还了得！”关教练揎拳捋袖，“我们浪里花队什么时候沦落到被别人乱撕海报的地步了？”

关教练在印璐璐的添油加醋下，气得青筋暴起：“到底是哪个小兔崽子干的，要是被我逮住了，非得好好教训一下不可。”

闻妮妮忽然想起来，前两天她经过宣传栏的时候，看见上面张贴着许多海报，其中有一张是他们游泳队参加比赛的宣传海报。每个队员的大头照和简要介绍都在上面。

当时唯恐郝堂会看见，她就将游泳队的海报撕了下来，扔进一旁的垃圾桶。

“有可能是别人撕……撕错了呢？”闻妮妮做贼心虚，连眼睛也不敢抬一下。

要是关教练知道是她撕了海报，还不得把她生吞活剥了。

“撕错了？那我倒是要看看哪个眼瞎的！这么多的海报偏偏撕到我们家的！”

闻妮妮不敢多言，怯怯地溜了出去，直奔宣传栏的位置。

果真如印璐璐所言，那海报被撕开一道裂缝，却依旧雷打不动地粘在黑板上。

她明明记得自己将海报扔进了旁边的垃圾桶啊。

“在看什么？”耳畔响起清冽的声音，随之而来的是一股极具个人特色的糖果香气。

闻妮妮心中一颤，忙不迭地伸手要去遮挡海报上她的头像，被郝堂挡开了手：“好看。”

“真的那么好看吗？”闻妮妮娇滴滴地低头，又用余光重新审视了一下海报上那个发丝凌乱，嘴巴张成“O”形，仿佛灵魂出窍般的傻子，还是没有看出任何的美感。

除了“好看”这两个字，郝堂前面还说了几个字，可是闻妮妮光顾着紧张，完全没有听进去。

完整的一句话是“不用遮，这张比真人好看”。

不远处传来关教练和印璐璐的鬼吼鬼叫。

“喂，那两个兔崽子，是你们吧！给我站住！”

“不要跑！你们完蛋了！”

因为闻妮妮侧着身子，又被柱子遮挡了一部分，没被他们认出来。

闻妮妮还在左顾右盼，不知如何是好，忽觉手腕被人拍打了一下，头顶传来郝堂低沉的声音：“快跑，被逮住就死定了。”

她会意，提起脚步跟着郝堂的方向跑。

跑了好一会儿，闻妮妮开始喘气了，她单手支着腰部，作势要停下：“我……我跑不动了……我们歇一下吧。”

“不能停下，他们就在你后面。”

闻妮妮正准备回头看一眼，脑袋侧了一半，就被郝堂摆正，他提醒：“别回头，一回头他们就会发现是你了。我会在后面帮你关注着。”

后面哪有什么人。

郝堂跟在后面，见闻妮妮的肩膀一耸一耸，丸子头随着奔跑的幅度慢慢坍塌下来，口袋里不时蹦跶出糖果，像是变魔术一般。他装作没有看见，嘴角弯着一道弧，跟着闻妮妮毫无章法地乱跑。

闻妮妮还在前面嘀嘀咕咕：“老头儿……体能也……呼呼呼……太好了……早……早知道平时训练就不偷……偷懒……呼呼……好累……”

“差不多了，他们没跟上来了。”郝堂拉住她，无意间扫到她剧烈起伏的胸口，白色T恤被汗水浸透，斑斑点点的。

正是三伏天气，骄阳似火，呼吸间都是干燥的热浪。

他忙不迭将视线移开，见闻妮妮光洁的额头上布着一层细密的汗，渐渐汇成大汗珠，顺着眉头落下。

她的头发本就不太蓬松，此刻看起来更黏腻干瘪了，两侧的碎发湿答答地贴着脸颊。

此时她的脸上是死里逃生的放松，用小手往脸上扇风："好险，这条小命算是保住了。真是多亏了有你。"

"客气了。"见她这狼狈的样子，郝堂觉得自己的恶作剧过分了点，心里生出点内疚，从口袋里摸出纸递给她。

闻妮妮全凭求生欲死撑着跑到现在，这一停下，顿觉双腿发软，小腿处传来钝钝的麻意，身子都快直不起来。她双手撑在大腿上，呈蹲马步的姿势，慢慢地调整气息，没发现郝堂给她递纸。

郝堂手足无措地僵了半秒，索性举着纸巾在她额头上擦了擦。

这下子闻妮妮有了反应，知道郝堂在给她擦汗呢。堂堂年级第一名啊，居然亲自给她擦汗，这是何等的荣耀！

她脸上涌现出难以言表的激动："谢谢你啊，不过这是什么牌子的纸巾啊？感觉不太吸汗……"

怎么还会发出窸窸窣窣的摩擦声？

静默了数秒，郝堂回答："演算纸。"

又静默了数秒，郝堂听到闻妮妮用非常羞赧的语气问："那我是第一个用了你的演算纸擦汗的女生吗？"

郝堂：不只是第一个女生，还是第一个人。

郝堂在学校不仅仅是出了名的学霸，而且还被冠以“魔鬼级”的头衔，据说是因为郝堂总能将数学的最后一道大题解算出来。而作为总能被第一道问答题成功唬住的闻妮妮来说，两人之间确实差了那么三四道问答题的距离。

好在只要功夫深，铁杵磨成针，多少先人的经验告诉她，学霸这种生物是可以后天培养的。故而闻妮妮觉得自己和郝堂之间的差距，也并非是不可逾越的鸿沟。

具体教程如下——

“如何成为一个学霸……第一条，首先要对自己有信心……”闻妮妮拿着小本子认真地记录着，“有信心，这个好办啊，我已经有了。第二条，保证充足的睡眠，这也简单……第三条……”

实施计划的第一天，闻妮妮破天荒地起了个大早。

不过家里人将闻妮妮忽然间对学习表现出极大热枕的行为，定性为“精神失常”。这边闻妮妮才走出家门，闻爸爸就揉着惺忪的睡眼打哈欠：“一大早的，我还以为家里闹贼了。”

闻铭：“姐姐起这么早，是出门捡钱吗？”

闻妈妈：“……”

破晓时分，日光清明，温度还未上升，清爽舒适得很。

从郑小悦那里收集到的情报是，郝堂每天六点四十分会到教室，那么减去路上骑车的时间，他出门的时间基本上就是六点二十五分。

为保险起见，闻妮妮六点十分就冲到小区门口。她躲在墙角的位置，伸长脖颈，眼巴巴地望着对面小区，不时低头看一看手表。

却迟迟不见郝堂走出来。

闻妮妮实在困得很，想到鸟儿在天上飞的时候，会睁着一只眼睡觉，她自言自语："三十秒，右眼我就给你三十秒的机会。"

于是她闭上了右眼……

因为出门前落了钥匙，郝堂又折回去找，这才耽搁了不少时间。等到他走出小区，一眼就看见斜对角的位置，闻妮妮正靠着墙角闭眼睡觉。

他假装没发现，推着车转了个弯继续往前走。

五步之后，他发现身后没有动静，回头一看，墙角的闻妮妮丝毫没有动作，估计是真睡着了。

唉……

他状似不经意地将脚边的易拉罐朝闻妮妮的方向踢了一脚，结果易拉罐飞到墙面，反弹到墙边那只流浪狗身上。

正在酣睡的流浪狗受惊，猛然站起来，全身毛发竖立，露出凶狠的目光，警戒地看了看四周，似乎在寻找那个乱扔垃圾的不长眼的浑蛋人类。

视线范围内，最近的目标就数墙角的闻妮妮了。它朝着闻妮妮"汪汪汪"喊了几声，以示抗议，总算把闻妮妮给叫醒。

闻妮妮一睁开眼，看见流着哈喇子朝自己龇牙咧嘴的流浪狗，吓得往后跳了一步。

愣怔三秒后，她想起自己是在这里“偶遇”郝堂的，目光急急忙忙地梭巡一番，直到看见前方一百米的背影。她将书包抱入怀中，快速跑上前。

“郝同学？

“郝堂！”

郝堂听是听见了，然而没打算那么快理会她。

两人的距离缩小到五米，郝堂才佯装意外地回头：“闻妮妮同学？”

见闻妮妮跑得头发凌乱，气息不稳，他硬生生地将笑意憋回去。

“真的是你啊，好巧……”闻妮妮伸手将发丝拢到后面，视线落到他推着的单车上，“你一个人上学啊……”

“是啊。”

“我也是一个人上学。”言罢，闻妮妮还状似不经意地挥了挥手里的单词本。

郝堂装模作样地配合道：“没想到闻同学还挺刻苦。”

“一日之计在于晨，一年之计在于春嘛。学习必须得刻苦。”等到闻妮妮将话说完，才从郝堂奇异的眼神中察觉出有些不对劲。

她低头一看，拿在手里的单词本封面上，画满了奇形怪状的小人。那是她上课无聊时胡乱涂鸦的，此刻看起来好似群魔乱舞，讽刺着她刚说过的学习刻苦的说辞。

闻妮妮讪讪地笑：“我弟总喜欢在我的本子上画画。你这车坏了吗？怎么没看你骑？”她迅速转移话题。

郝堂这才意识到自己的行为有点愚蠢，为了等闻妮妮居然推着单车不骑。但眼下他也只好顺水推舟：“是啊。”

面对闻妮妮疑惑的眼神，郝堂清了清嗓子：“咳咳……我打算推到修理店去。”

闻妮妮反应灵敏，认为这是一个戴罪立功、改变形象的好机会，自己应该积极主动一点，于是伸手欲抢车：“我知道这附近有家修理店，我帮你推去吧？”

“不用不用。”

“为什么不用？车坏了就得修。你别跟我客气啊。我今天带钱了。”

闻妮妮的手劲儿很大，可郝堂唯恐自己的谎言被修理店的人揭穿，也是用了很大的劲儿稳住车头。

闻妮妮疑惑：“你的手受伤了，力气还这么大呢？”

郝堂的戏瘾说来就来，马上“嘶”地抽了一口气：“啊，好痛，又扭到了……”

“没事吧？是我弄到的吗？”

“没事没事，你别再和我抢车就行了。这么早修理店还没开门，而且我们还得赶着上学，等会儿迟到了，车就先放在边上吧。”

好不容易找到一个理由将闻妮妮敷衍过去，两人来到公交车站等车。

闻妮妮：今天真是天时地利人和，连单车都罢工来帮我。

郝堂：为什么好好的车不骑，要跑到这边来挤车？脑子一定是进水了。

单车：主人，我真的没毛病！

俗话说得好，有一就有二。

有了第一个顺利“偶遇”郝堂的清晨后，闻妮妮便越战越勇，天天坚持早起，这直接影响了全家以及小区墙角那只流浪狗的睡眠质量。

闻妮妮自认为生活幸福指数在噌噌噌上涨，即使这个过程在郑小悦的眼中是“苦心志”“劳筋骨”“饿体肤”的不划算买卖。

“闻妮妮，你傻不傻啊，起那么早就为了和郝堂打个招呼？”对于闻妮妮拒绝搭乘郝堂单车的行为，郑小悦给出的评价很直接，一个“傻”字总结出精髓。

不过闻妮妮认为郑小悦目光短浅，是个没有科学发展观的人。这打招呼，可是多么亲昵的举动。很多人不就是这么打着打着招呼，就熟了，熟着熟着就确认眼神，确认一下不就是对的人……

那天的情况来得比较突然，闻妮妮照例出门等郝堂，同样是被那只流浪狗叫醒，一睁眼就看见郝堂站在面前，居高临下地看着自己。

郝堂问她：“上吗？”

闻妮妮以为郝堂问她要不要上前揍那只流浪狗，在慎重地权衡那只流浪狗的体重以及牙齿发育情况后，她将头摇得如拨浪鼓：“不不不不不。”

其实郝堂问的是要不要上他的自行车后座。

然后闻妮妮就望着郝堂绝尘而去的背影，仰天长叹赶公交车。

说起来这都要怪郑小悦，她的口头禅就是“上啊，揍他”。

闻妮妮觉得自己真是脑子抽风了。她深吸一口气，要是郝堂今天再给她一次重来的机会，她会说：“我愿意。”

六点二十五分，郝堂准时出现。闻妮妮靠掐着手臂，堪堪保持着清醒。

“早呀，好巧。”

“早。”

闻妮妮左右看了一会儿，皱着眉头问：“你的车呢？”

“坏了，在修理店。”

“你那车不行，怎么总是坏……”

“不知道是谁恶作剧？”郝堂想不明白，他也没得罪谁吧？

“什么人啊，简直道德沦丧，走路一定会踩水坑里。”

正在上学路上的郑小悦哼着小曲儿，想到前一晚她偷偷地将郝堂的车胎扎了几个口子，心道：妮妮，你一定会感激我的。

下一秒，她没注意到脚下的水坑，溅了一身的水渍。

除了坚持日复一日的早起，闻妮妮还做出了一个令同学们大跌眼镜的举动——她报名参加了竞赛班，而且还是奥数竞赛班。

在同学们的眼里，闻妮妮此举可以用一个成语概括——不知死活。

毫无意外地，闻妮妮的申请因为她成绩太差被拒绝了。段长综合评估后，认为闻妮妮的资质更适合参加“学习特困班”。

不过班主任蓝熊对闻妮妮不惧挑战的行为格外欣赏，甚至还在班会课上将闻妮妮大肆夸奖了一番：“最近闻妮妮的表现很好，虽然她的学习基础比你们任何一个人都要薄弱，但是她很有上进心，尤其是月考之后学习很积极主动……她不会因为自己能力不足而望而却步，这种精神是值得咱们班每一个同学学习的……”

听起来颇有些身残志坚的励志人生的意味。

闻妮妮不在乎大众目光，反正人总得勇敢的。

她的人生信条就是：心血来潮，想做就做。

特困班就在竞赛班的对面，闻妮妮挑的位置靠窗，一转头就能看见郝堂笔直站立，侃侃而谈的样子，抑或是拿着粉笔在黑板上写满她看不懂的公式。

尽管两人隔着五米远的草坪，两个玻璃窗，闻妮妮还是觉得，郝堂身上的糖果味爬过窗格，沿着青草地一路蔓延到她身边，裹着阳光的味道。

真的好香啊……

她忍不住深深地吸了一口气。

偶尔郝堂好似察觉到什么，会扭头看向窗外，闻妮妮这时候就会迅速地钻到桌下。

比如此刻，她一个激动，后脑勺直接和桌腿来了个亲密接触，然后又和数学老师来了个对视。

没错，就是对视。

还是杀气腾腾的对视。

闻妮妮一直想不通这些老师是怎么养出来的怪毛病，总是喜欢做出一些出其不意的举动。比如静悄悄地站在后门看低头吃零食的学生，或者忽然往窗口探出脑袋扫视睡觉的学生，又或者蹲在地上和人四目相对。

“闻妮妮同学，请问桌底有什么好玩的吗？”

桌底是没有什么好玩的，那么蹲在桌底问别人有没有什么好玩的这件事很好玩吗？老师你到底知不知道应该尊重一个少女的心思？

闻妮妮不难从数学老师的神色中解读出原子弹的计算公式。于是稍作挣扎就将以上反驳删除，她怯怯地将脑袋从桌底探出来：“没、没有。我捡支笔。”

“没有？”数学老师笑眯眯地盯着她，脸上的神色随着他的话顷刻间沉下来，“下课后把黑板上这道题目抄写一百遍！不抄完不准回家！”

好说好说，抄写这件事，她又不是第一次干了。

等到数学老师走远，闻妮妮从铅笔盒里掏出三支笔，握在手上齐发力。

"郝堂，去不去网吧玩一把游戏？反正明天我们又不上课。"庄严揽过郝堂的肩膀，见他侧头望着窗外，似乎在看什么，一见又是闻妮妮，"快看你的小黑粉！巧了巧了，怎么哪里都能看见她？都下课了，她还一个人坐在教室里干什么呢？"

郝堂几乎是从鼻腔里哼出的轻笑："上课开小差被罚了。"

庄严转了转眼珠子，朝郝堂投去不怀好意的笑，说话的腔调都阴阳怪气的："你怎么知道？"

"开小差的时候看见的。"郝堂丝毫不避讳，又看了一眼对面软趴趴的闻妮妮，一脸生无可恋的模样。她嘴巴一张一合，握着笔在纸上画来画去，不时往嘴里塞两颗糖果。

上课总偷看他，还不被老师逮住。他抿唇笑了下，将书包肩带拢了拢。

庄严不依不饶地追上去起哄："对小黑粉的事情还挺上心啊。"

郝堂忽然停下脚步，似乎想起了什么，瞪了庄严一眼："现在她洗心革面从良了，不要总叫她黑粉。"

"那叫什么？"

"粉丝。"

庄严："……"

"那你粉丝有难，不打算去帮助一下吗？"

"这是组织给她的考验。"郝堂公正无私地摇摇头，将视线从那摊扶不上墙的"烂泥"上抽回，弯眸浅笑。

既然闻妮妮存心躲着他，他就配合着。

第三章 / 石头糖

又硬又甜，又讨厌又喜欢。
——闻妮妮的《糖果手札》

闻铭五岁的生日转眼间就到了。

往年都是以蹭吃蛋糕为目的的闻妮妮，这次破天荒地在他生日前两天就特别热情地张罗了起来，准备给闻铭举办一个盛大的生日聚会。

具体盛大到什么程度呢？量化来说，合计花费闻妮妮三百二十六块七毛零花钱。

闻妮妮下载了不少视频，照着上面的教程，用彩色气球和丝带将自家客厅捯饬了一番。

墙上粘着许多彩色气球，左侧是写着“Happy Birthday”的字母气球，边上还围绕着彩虹、鲜花形状的气球，至于右侧……

摆着一个阳刚无比的变形金刚立牌。

闻妮妮最初的构想是放米奇和米妮的气球，可闻铭觉得那是女孩子们喜欢的玩意儿，坚持要用变形金刚，于是就变成了眼前这个画面：在一个粉红色基调的梦幻场景中，走错片场的变形金刚，带着那一身壮硕的机械肌肉，后脑勺不时还钻出几个粉红色气球。

无所谓，反正闻妮妮是醉翁之意不在酒。

她这么费心地促成这次的生日聚会，主要是想借机将失踪多日的郝堂引诱出洞，最好再联络一下感情，以后两家常来常往，养成互相过生日的习惯。

“一来二去的……总免不了产生一点那个什么革命友谊……”闻妮妮端坐在书桌前，一边在电话里和郑小悦实时汇报着进展，一边装模作样地翻着手里的物理竞赛题，同时还要不时往小镜子上瞟那么几眼，借着镜子的反射掌握门外的动向。

根据初步构想，剧情走向应该是——

第一幕：郝堂和郝恬进屋，郝堂无意间透过门缝看见闻妮妮奋笔疾书的背影，被她刻苦学习的精神感染。

第二幕：再三思量下，郝堂温文尔雅地敲门，然而闻妮妮过于专注并没有听到，闻铭在一旁适时地提醒一句：“郝堂哥哥你别怪我姐，她每次一做题就这样，太认真了。”

第三幕：闻妮妮总算听到声音回头，装出诧然的表情，两人相视一笑。

“最后，我们两个愉快地吃着蛋糕，讨论着数学题目，画面定格，真是美好的大结局。”光是想象到那个画面，闻妮妮都能笑得心花怒放。

“打住，您拿的不是物理竞赛题册吗？怎么又变成讨论数学题目了……”电话那边传来郑小悦的冷笑，“闻妮妮你也就这点出息。”

闻妮妮赶忙又找了一本数学竞赛题册，将物理竞赛练习册换掉：“难道你不想感受下，和学霸一起做题是什么体验吗？”

“不用感受就知道，是智商被碾压的体验。同学，你简直是用自己最大的缺点在危险边缘试探……”

“……”

在将郑小悦拉进黑名单之后，闻妮妮看了下时间，决定亲自去门口看看郝堂他们怎么还没有来。

“他们认得路吧？这么近的距离。”她低头摸了摸手表，又焦躁地探出门外，眼巴巴地望着楼梯口，左等右等也不见郝恬和郝堂的踪影。

闻妮妮忍不住说：“闻铭，你同学是不是还有没到的？快打个电话问问……”

“全都到齐了啊。”

闻妮妮两三步冲上前：“郝……那个郝恬还没有来啊？”

“我没叫她。”

“你没叫她？你怎么不叫她？”

“姐，你激动什么啊？我和她又不熟。所以我最烦你们这些女生了，一点也不会自我管理，动不动发脾气……”

闻妮妮：来人啊，我的大刀呢！

到了星期一上学这天，闻妮妮终于按捺不住，趁着课间跑到郝堂教室门口，打着找郑小悦的幌子，探一探究竟。

郑小悦还在为被闻妮妮拉黑的事情生闷气，不情不愿地甩下薯片走到教室外，耷拉着脸等待闻妮妮道歉，结果自家死党三两句话里都离不开郝堂的名字。

“你说，郝堂他到底怎么回事？他可是从来都不会缺课的三好学生啊，可这次都旷课快一个星期了，是不是生病住院了？那我要不要去医院探望一下他？顺便把他落下的功课补一补？可是我一个人去的话是不是又不太好……”闻妮妮的心思全在郝堂身上。

典型的重色轻友啊。

郑小悦脸一黑，咬着后槽牙，负气道：“不必，他死了。”然后头也不回地将这个有异性没人性的家伙抛在身后。

“死……了……”闻妮妮大脑嗡的一声，《葬礼进行曲》在脑海里响了起来。

她还想问个究竟，但郑小悦并不理会她，径直回了座位。她只好随手拉住一个进教室的同学：“同学，请问一下郝堂他……葬在哪里？”

某同学沉默不语地盯着闻妮妮看了一会儿，脸上的表情越来越复杂，是沉痛中掺杂着凄凉，凄凉中又包含着恐惧。

闻妮妮深深地吸了一口气，抑制住眼底就要翻滚而出的泪珠：“那你能不能告诉我，他到底是怎么……现在医学那么发达，郝堂他看着根本不像是有病的人啊……

某同学不可置信地看着闻妮妮，一脸“你看起来更有病”的表情。

“求求你告诉我，郝堂他是我生命里非常重要的一个人，他那么厉害的一个人，怎么能就这么死掉呢？”

“同学，你能不能先松手，手臂快被你掐肿了。”某同学掰开快被闻妮妮掐肿的手臂，下巴点了点闻妮妮后方，嘴角带着窃笑，“不介意的话，你可以自己问他怎么死的。”

问他自己？什么意思？

哦——

闻妮妮呆住了，后脑勺袭来阵阵寒意，她浑身僵硬地转过去，见“死人”郝堂正绷着一张脸，脸色铁青，阴仄仄地注视着她，脑门上写着“当场抓获，你还有什么话可说”。

她浑身猛地颤了一下，用力地眨了眨眼睛，非常无辜：“我就说现在医学那么发达，你不会有事的。”

现在她很想找个地方把自己埋了。

郝堂一眨不眨地盯着她，心中的恼意，又因为那句“他是我生命里非常重要的一个人”而消散，转而眼底不自觉地染上几分亮色。他不由自主地抓了抓她发顶，嘴角微挑着，轻叹了一口气。

闻妮妮不知道，那口气后面，还跟着一句没说出口的话——“怎么这么久不见了，还是这么傻？”

两天后，闻妮妮才在学校课间操上得知，郝堂消失的那几天，其实是和几个尖子生被选派参加全国数学联赛，郝堂不辱使命披甲归来，拿下一等奖。

“所以这就是当时郝堂并没有严厉斥责我的理由？”

因为拿了大奖心情很好？

“同学，你能不能把手从我肩膀上拿开？”

“不好意思啊，我就借个力。”闻妮妮讪讪地收了手，挺直腰背，伸长脖颈。

如果手上有台摄像机，她一定会给台上的郝堂来个面部大特写。然而现实是她站在队伍末端，踮着脚，眯着眼睛想象。

“希望各位同学都向郝堂同学看齐，为学校增光添彩……”

在段长长篇大论的教育感言之后，结束了课间操的集合。闻妮妮急着想要上前道一声恭喜，可是人流量太大，她只能左右穿梭于人群，好不容易只与郝堂就差两个人的距离了。

“乐冉这次发挥失常啊，居然连三等奖都没得到。”

“就是啊，太可惜了吧。”

闻妮妮伸手想要拍郝堂的肩膀，却眼睁睁看着他冲着左前方加快步伐，和乐冉打起了招呼。只是乐冉看起来并不是很待见他。

追到郝堂的教室，闻妮妮皱着眉头深思，在后门探头探脑远远地张望郑小悦的位置，今天来主要是给郑小悦赔礼道歉的，为了表达道歉的诚意，她还写了一封 800 字的检讨书。

刚走到 305 教室门口，闻妮妮就被一个冒冒失失跑出来的女生撞了一下肩膀，接着额头砸在门框上，她吃疼地“啊”了一声。女生手里的照片则洋洋洒洒落了一地。

闻妮妮身旁的人边捡照片边议论。

“哇，这些照片后面还有英文嗳，Believe in yourself（相信你自己）？还有这张，All things come to those who wait（皇天不负有心人）……每张照片后面的句子都不同。把乐冉拍得这么美，还摘抄了这么多鸡汤句子，看来这个人有一点点用心哦。”

“真的，每一张都拍得很好啊，真的是抓拍的吗？”

闻妮妮捡起落在怀里的一张，背面写着“Failure is the mother of success（失败是成功之母）”，这句她看懂了，英语作文必备句式。

再翻到照片正面，是裹着白色羽绒服坐在湖边的乐冉，手里抓着一本书，目光直视前方，稀疏的垂柳几乎搭上她肩膀，恰好一束柔光打过来，整个画面像是自带了滤镜，妥妥的文艺青年范儿都快漫出屏幕。

曾经闻妮妮也想让郑小悦给自己拍一张这种类型的照片，结果拗了半天造型，在郑小悦的镜头下，她沦为了一个虚化背景，衬托出湖面的一只鸭子。

郑小悦为自己开脱："你看，大冬天还游泳的鸭子，多励志啊！"

闻妮妮点头，臀还挺翘的。

就在闻妮妮的思绪漫天飞舞时，听到旁边几个同学起哄。

"你们说这会是谁拍的？"

"还有谁，肯定是郝堂。自从他们参加全国数学联赛回来，我经常看到两人单独在说悄悄话。以前我就说他们两个有戏，你们还不相信。"

"不太可能吧，郝堂和乐冉应该就是普通的同学关系，看不出来什么啊。"

"怎么不可能了，昨天放学的时候……"说话的人顿了顿，声音压得更低了些，"我还看见郝堂和乐冉在路边神神秘秘的，一看到我过去，两个人就躲着……"

闻妮妮竖着耳朵，不知什么时候已经被推搡着混进八卦人群里，她悄声插了一句："然后呢？"

众人纷纷回头，朝闻妮妮的方向看，确切来说是看向她身后。从大家的视角来看，闻妮妮基本可以推测出站在她身后的就是当事人之一。

"照片都给我吧。别人的东西不要乱翻。"

同学们乖巧地上交照片，意味深长地看着郝堂，却见他面不改色地将照片全都收了回去。

闻妮妮愣是没回头，一想到郝堂给乐冉拍了那么多好看的照片，还和乐冉神神秘秘地上下学，心里顿时就委屈得不行，粗鲁地扒拉开人群走了，动作有点刻意。

以此表达她的不满，并且希望能够引起郝堂的重视。

考虑到郝堂要追上来解释需要一点时间，她还是下意识地放缓脚步。

身后的对话依旧清晰。

“郝堂，这些照片真是你拍的吗？”

“听说你和乐冉……”

“郝堂你拍照技术也太好了吧，什么时候也给我们拍一组呗？”

面对七嘴八舌的众人，郝堂关心的好像只是乐冉的下落：“有没有人看见乐冉或者知道她在哪里？”

有人回答：“我刚才好像看到她下楼了，往计算机大楼那边的方向走的。”

察觉到身后逼近的脚步，闻妮妮也跟着加快步伐。郝堂已经从她身后走到了与她并肩的位置，随后又加快速度超越了她，迅速地消失在楼梯拐角。

趴在走廊矮墙上，可以清楚看见郝堂一路小跑着。闻妮妮低头看了一下还攥在手心的照片，上面早已经布满折痕，摊开来是个破碎的画面，然而乐冉的笑容依旧是那么灿烂，甚至越发灿烂起来。

闻妮妮给郑小悦送上 800 字道歉信，又拉着郑小悦去小卖部选了一个最贵的冰激凌，郑小悦这才消了气。郑小悦一边举着冰激凌，一边义正词严地指责闻妮妮重色轻友的做法太不仁道，还顺便将郝堂和乐冉在班级的传闻拿出来说了一番。

广为流传的一个版本是，青梅竹马的郝堂和乐冉，终于借一同外出竞赛的契机，达成了强强联手的共识，两人约定一同横扫清华北大。

也有传言说郝堂和乐冉其实一直都在暗中交往，某天两人的地下恋情被老师撞见，但老师念在两人学习成绩很好，便只是苦口婆心地教育了一番，让他们以此为动力，努力考上清华北大。

反正两个人的终点横竖都逃不出清华北大。

闻妮妮算了算自己的分数，能以体育特长生被招录进二本学校，她都求神拜佛了。她心里的小火苗噌噌噌冒出来，在郑小悦还没有下口之前，抓着郑小悦的冰激凌毫不客气地咬了一口，齿间蔓延着一阵凉透的舒爽，冷不丁地打了个寒战。

这心头火却还是没有灭。

抬头见郑小悦正一脸愤然，闻妮妮心口涌上一股酸楚的感动，枕在她的胳膊上蹭了蹭："小悦，还是你好，我知道你也为我打抱不平，你别担心，我会努力走出来的……"

郑小悦："……"她看了看手里被啃得软趴趴的冰激凌，又看了一眼闻妮妮嘴唇周围残余的冰激凌，唯恐衣服会被擦上奶油，速速将手臂抽回。

“你说得对，好马不吃回头草。我闻妮妮今天就答应你，我以后不会再理郝堂了，再和他说一句话，我就是‘尸米’……”

“‘尸米’是什么？”

突然冒出来的声音，把闻妮妮吓了一跳，回头见庄严顶着那张贱兮兮的脸冲她贱兮兮地笑着，还特别恶心地做了个舔嘴唇的动作，一脸单纯地问道：“好吃的？”

郝堂从庄严身后走上来，侧头懒懒地白了他一眼，似乎有点难以启齿，扯了扯唇瓣还是说出了口：“屎。”

“没想到你口味还挺重的。”乐冉撇着嘴在笑，顺便再往庄严心口上插了一刀。

想到自己刚刚说的“好吃的”三个字，庄严脸都绿了，张牙舞爪地追着乐冉要反击：“乐冉，你和郝堂混久了，嘴巴也这么毒了。你还有没有偶像包袱了？”

“‘偶像包袱’是什么，比你的‘尸米’好吃吗？哈哈哈哈哈哈哈……”

“你……”

郝堂落在后面，和闻妮妮并肩走着，等着闻妮妮和他主动打个招呼，这样他或许能考虑原谅她刚才说的那些话。

然而，闻妮妮迟迟没有要开口的迹象。

毕竟她刚刚才发了毒誓，也不好意思那么快打脸。

罢了罢了，那他就给她一个台阶下。

“你……”郝堂嗫嚅着，有没有什么想问的？

可一个音节还没有发出，就看到闻妮妮忽然推着郑小悦往边上走，还故意大声谈论着，根本不给他插话的机会。

郝堂冷哼了一声，既然她不想问，他还不乐意说了，于是快速提上脚步追上庄严、乐冉。

庄严看着一脸冷然的郝堂，察觉到气氛有点不对劲，他可是刻意给他们制造空间、创造话题，郝堂不会什么都没说吧？

郝堂一脸严肃，眯了下眼睛回应庄严的狐疑：“她没问我。”

庄严恨不能往郝堂脑门上拍一巴掌，可手刚举起来，又灰溜溜地拍在自己脑门上：“大哥，这小粉丝，有时候也是要靠哄的。哄，你懂吗？”

郝堂没回答，骄纵地别过脸，一副“要哄也是她先哄我”的表情。

庄严看着有事先一步走远的乐冉，回头对身旁的郝堂嬉皮笑脸地试探：“你和乐冉的事情，不会是真的吧？”

郝堂视线在人群里无聊地流连，心不在焉地回应：“什么事情？”

“你不会还不知道吧？整个年级，哦，不对，前两天还有两个低年级女生也来问我，你和乐冉是什么关系？也难怪别人会误会，你们两个最近是不是走得太近了？”

“哦——”

“就哦？”庄严用余光偷瞟郝堂，摸不准他这态度是什么意思，“所以到底你们两个……还有人说那些照片都是你给乐冉拍的。”

郝堂仿佛陷入深思，眸光深深：“所以这就是闻妮妮不理我的原因？”

“你得解释一下，现在谣言都满天飞了，关于你和乐冉的绯闻都快赶上明星的了。也难怪小粉丝会误会你。”

郝堂皱眉，重重地吸了一口气，对于自己就这么被误解感觉有点沉痛：“看来粉丝基础还不太稳固。”

自从决定不需要在郝堂面前树立良好形象之后，闻妮妮一整个星期都在自我放纵，每天都沉浸在“不用等人的感觉太好了”“睡眠充足的日子太好了”“感觉皮肤都紧致光泽不少”的亢奋情绪中。

直到她看见学校宣传栏上张贴着的，一拖再拖的月考成绩排名。

她在坚持不懈奋战了半个月后，终于以0.5分的弱势倒退了一名，跳出三百名的行列。

失败是成功它祖宗，没事没事。

盯着那上面的数字“301”，闻妮妮越发黯然神伤，从口袋里摸出糖果塞进嘴里，依然觉得苦涩得很——怎么门门都考得这么差，皇天终究要负有心人啊。

“你看你看，郝堂这次居然退步了。”

“乐冉也是，还退了三名呢。”

“就说吧，两人怎么可能稳定成绩。”

围观群众觉得这更加证实了郝堂和乐冉的传闻。

“色令智昏。”闻妮妮给出准确总结。

而她并不知道此时此刻“色令智昏”的某人，正盯着她的成绩在看，神情严肃得堪比班主任。

人群里传来庄严招呼郝堂的声音：“郝堂，你看错边了，你那边都是倒数的，你在这里，第二名呢。”

闻妮妮闻言变了脸色，扭头看见庄严朝着自己的方向招手，准确来说是自己后方的某人。

不会……这么惨吧？

她想假装路人，伺机从人群中溜走，没想到庄严好死不死地喊了一句，还朝她热情地挥手：“哈喽，小粉丝也在呢，考的第几名啊？”

他一边说着，一边绕过人群走到闻妮妮身边。

闻妮妮伸手要捂住自己的排名，可这一动作显然更快暴露出自己的名字位置。

庄严不懂得察言观色，全然没发现闻妮妮的脸色有多窘迫，玩笑开得没轻没重：“哈哈哈，小黑粉你是怎么考的？居然能考成这样？我们郝堂可不和傻子玩的。”

没有什么事比自己苦心经营的学霸人设，被男神直接打破来得更惨痛。

闻妮妮形如槁木、面如死灰，根本不想搭理庄严，以及身后在看她笑话的郝堂。

真的没有心情再装作无所谓地和他们调侃，闻妮妮沉默着扒开人群走出去。

后知后觉地意识到自己话说得有些过分，庄严讪讪地喊闻妮妮，可闻妮妮没理会他，他想追出去，后脖颈被人猛然一按，一股凉意直抵脑门。

“下不为例。”郝堂横扫了庄严一眼，而后快速追了出去。

“小黑粉你是怎么考的？居然能考成这样？我们郝堂可不和傻子玩的。”

庄严的声音就像一阵浓烟，呛得闻妮妮眼泪在眼眶里打转。

“闻妮妮。”郝堂跟着走了好一会儿，也不知道闻妮妮要去哪里，急忙喊了几声。

不见她回头，郝堂只好快步追上前：“跟我来聊聊。”

他的步子一快，变成郝堂在前的阵列。他往前走了两步，顿觉身后阒然，转头一看，见闻妮妮早就朝着另一个方向走了。那双脚踩得用力，像是恨不能将地面都踩个窟窿。

没想到生起气来的闻妮妮，还是个难伺候的姑奶奶。

郝堂蹙着眉头，心道：算了，看在她心情不好的份上，勉为其难低一次头。

在说服自己后，郝堂朝着闻妮妮的方向追去，这次他学聪明了，直接抓着她的胳膊，看她还能怎么跑。

上手的第一感觉是，胳膊比他想象中的还要小，就这小细胳膊，能游泳？

“我说让你跟着我走，没听到吗？”

闻妮妮侧过头，眼眶红红的，霎时间看得郝堂心软了大半，声音都温柔不少：“考砸了一次而已，至于那么难过？”

闻妮妮一眨不眨地盯着郝堂，掐着手心：“你考个 301 名试试看。”

成人的世界看脸，学生的世界看成绩。

郝堂看着闻妮妮这一脸考差了还理直气壮的模样，简直哭笑不得：“我考了 301 名，你能开心？”

闻妮妮见郝堂这一脸认真的模样，好似真的准备考个301名。她才没心情和郝堂在这种问题上纠缠下去。

“考砸了就应该去找出考砸的原因，而不是在别人的成绩中寻找安慰，或者是自怨自艾。”郝堂一板一眼地教育着，见她耷拉着脸，又顺道鼓励了两句，“你又不是傻子，就算傻，我也能救你。从明天开始，你要照常早起晨读，我会督促你的……”

“傻子”两个字彻底戳中闻妮妮的痛处，她从郝堂的桎梏中抽出手臂，紧绷着脸冷冷地自嘲：“别和傻子一起玩，会被感染的。”

闻妮妮如此钻牛角尖，还不会抓重点，着实让郝堂气恼，恨不能直接给她做个开颅手术。

他还想说什么，看见乐冉从不远处走过，他匆忙叮嘱两句：“你放学后在教室等我。”然后小跑着向乐冉的方向追去。

闻妮妮自然是没有乖乖听话在教室等着郝堂，甚至下课铃声一响就第一个冲出教室，带着她那一堆被批改得面目全非的试卷。

回家后，她将自己的成绩如实地和爸爸妈妈报告。在父母的注视下，闻妮妮吸了一口凉气，做好挨批的准备。

闻爸爸和闻妈妈面面相觑，想起上次闻铭说姐姐拿不到第一名就要寻短见的事情，又见自家女儿愁眉苦脸，一脸生无可恋。最近新闻报道中，可是有许多学生因为学习压力过大而产生心理问题的案件，最后闹出个妻离子散家破人亡，可谓是惨绝人寰。

该来的还是来了。两夫妻顿觉临危受命，又对视了一眼，才将视线放回到闻妮妮身上。

一家之主老闻同志一拍茶几，率先发言：“你看，咱女儿就是厉害。”

厉……害？闻妮妮傻了眼。

“是啊，这考得……不错。”闻妈妈拿着试卷，脸上赫然写着“惨不忍睹”四个字，还得昧着良心夸赞。

这剧情反转得闻妮妮完全摸不着头脑，思忖着老爸老妈该不会是被自己的成绩刺激得精神失常了吧？

她将试卷摊开，露出鲜红色的数字“59”。

“我连及格分都没到。每一门都差不多。”

“对啊，这不就说明你没有偏科。”闻妈妈说。

她这成绩，还能有再偏科的余地吗？闻妮妮拧着眉头，疑惑不解地看着对面将她 59 分看出 95 分一脸欣慰的二老。

“排名还退了一名。”

“才一名啊。你上次不都后退了七名吗？”话音刚落，老闻便被自家老婆的眼神盯得住了嘴，然后轻咳了两声，“我的意思是你成绩很稳定了，这是好事。”

老闻从小就教育闻妮妮，每个人不是生来就为了考第一名的，但一个人至少该有一个热爱的事情，并且为之奋不顾身。他也将这种精神贯彻在每一次的家长会上。在拿到闻妮妮的成绩后，他还能憨笑着安慰闻妮妮。

在长年累月的这一观念灌输下，闻妮妮总愿意相信，她在游泳上的天赋和努力，会给她带来属于她的那道光彩。

“我考成这样子，你们都不生气吗？”闻妮妮一想到每次郑小悦拿着成绩单回家，第二天上学准是被打得一瘸一拐走不了路。可好像在她的人生道路上，父母从没有为了成绩的事情责骂过她。

老闻说了一句：“多大点事。咱们女儿可是蛟龙，战场是在游泳池里。”

闻妈妈附和：“妮妮你可是爸爸妈妈的心肝宝贝，千万不能做傻事，胡思乱想什么东西。在爸爸妈妈眼里，你是最最优秀的孩子。我不希望我们家妮妮的人生被成绩捆绑，不管你考得好还是不好，都是爸爸妈妈最宝贝的孩子，爸妈对你的爱不会缺少一点点，知道吗？”

“爸妈，你们也太偏心了吧？我上次考了满分你们都不夸我，姐姐考成这样，你们还夸她。”闻铭不满地插嘴。

“住嘴。”闻家爸爸妈妈齐声喝令，看向闻铭。

闻铭剥开香蕉：“不过也有笨鸟先飞的案例啦，姐姐也不算无药可解。”他脸上写着不情愿，但还是将香蕉递到闻妮妮面前，“老师说香蕉中含有一种什么酸，可以减轻悲观抑郁程度，你吃点就不那么难受了。”

对于考砸这件事，闻妮妮已经习以为常，她心理素质好，没觉得有多难过。而且她觉得，每个人有个特长就够了，她可以好好练习游泳，发挥一技之长。可一旦因为这件事得到越来越多的安慰，她开始慢慢觉得自己真的很失败。她也不想老是带着挫败感回家，更不想看到在二婶每次变相地夸赞自家孩子又拿了几等奖学金时，父母却只能讪讪地笑两声。

安慰，是因为有安慰存在的必要。

一百个没关系，能让一件本没有关系的事情真的变成有关系。

听着家人这一番安慰，闻妮妮心头更是五味杂陈，努力将泪逼回眼眶，一面接过闻铭递来的香蕉啃咬，一面笃定地起誓：“爸、妈、弟弟，我一定会好好努力，争取进步的。”

“非常好，不愧是我的女儿。今天爸爸高兴，带你们下馆子去庆祝一下。”老闻提议。

闻妮妮嘴角忍不住抽搐：庆祝就有点太夸张了吧。

这边在热热闹闹地庆祝考试失败，而那边苦等闻妮妮许久未果的郝堂，正站在闻妮妮家楼下张望，见沉入暮色之中的房子，仍旧没有开灯的迹象，他捏着手机，看着屏幕亮起又熄灭，迟迟也没能拨出那一串号码。

路人走过，朝他看了两眼。

郝堂忽而意识到自己的行为有些奇怪，踢了一下路边的小石子，煞有介事地转身离开。

闻妮妮一家人围着热气腾腾的火锅，一直吃到七点钟。闻家爸爸妈妈轮番开导，引经据典，直叫闻妮妮笑得嘴角都僵硬了来表示她并没有自闭，才在耳朵长茧前，成功地从饭桌上逃走。

官方借口是，找郑小悦探讨错题。

真正目的是去糖果店，把上次那张写有郝堂名字的糖果纸找到，隆重地宣布自己要与郝堂决裂。

大人们将这解说为“仪式感”，似乎完成这番仪式，任何想要割舍的都能如愿。

只可惜闻妮妮壮士断腕的决心，在仪式进行前就遭受了巨大阻碍。

糖果纸找不到了。

她踮着脚，对着两米高的糖果树眼珠子都快瞪出来，从上看到下，从左看到右，绕着它走了一圈又一圈，就差把整棵树都推倒。

当然，她不知道，自己这古怪的行为，早就被郝堂看得清清楚楚。

因为糖果店的收银员临时有事请假，郝妈妈不得不守在店里。郝堂拎着饭盒过来给妈妈送饭，后来店里忙活着，他也就顺便帮忙一下，直到这会儿客人渐渐少了，才有些许闲暇时间看看书。不过他也不能说明，其实晚上过来，是心里有种隐约的预感，今晚可能会在店里遇到闻妮妮。

向来不信第六感的他，还是抱着试一试的心态过来了。

他心不在焉地捧着书，借着余光注意门口的动向。

果真见到了闻妮妮。

她看着倒也不像是太难过的样子，一进店就直奔糖果树的位置，然后就皱着眉头对着那株糖果树好一阵打量，估计是在寻找什么。

看了好一会儿，他才看明白，闻妮妮这是在找那张写了他名字的糖果纸吧？

早就被他摘下来，放在家里了。

……

那还是参加幼儿园活动的前一天晚上，郝妈妈正张罗着给“一颗好糖”店铺做点儿营销活动热闹热闹，因为人手不足，郝堂被拉去充当劳动力。

对于在店里栽这么一大棵树的行为，他一直觉得很愚蠢，认为它除了招蚊子之外并没有任何其他意义。

事实证明，这树还能招闻妮妮。

当时他戴着口罩，给进店的顾客分发试吃糖果。闻妮妮随着一群人挤进店里，如同一只误打误撞进入人类世界还没有睡醒的兔子，走路的姿态颇为慵懒，目光随意打量着四周。

就这么毫无防备地，郝堂与她的眼神撞上了。他怔了一瞬，唯恐闻妮妮会看出什么，然后学校又将闹出有关他的流言蜚语。他在学校极少透露自己的私生活，一向都低调行事，可因为闻妮妮，这两年他没少上过风口浪尖。

正当他在想着如何堵住闻妮妮的嘴巴时，闻妮妮走了过来，漫不经心地指了指他的凳子："你的凳子能不能借我一下？"

她压根儿就没认出口罩后的人是谁。

他早该知道的，闻妮妮的眼神向来不是很好，不然也不至于每次跟踪他，闹出那么大的动静，还沾沾自喜地以为他没有发现。

他沉默着将凳子递给她，见她掩嘴大剌剌一笑，扛着凳子走到树下，将手里的糖果纸缠在最高的地方。下来的时候一个不小心，她摔了一跤，站起来傻乎乎地笑。

他会去摘下那张糖果纸，纯粹是因为无聊外加好奇心，什么样的小秘密要藏到那么高的地方。闻妮妮将糖果纸挂上去的第二天晚上，他上手将它摘了下来，打开一看，里面写着自己的名字，他愣了好半晌。

字写得虽然不是很好看，但他瞅着，居然心头有点愉悦。

“字还是得多练练。”他脸上挂着嫌弃的表情，手却已经不自觉地将糖果纸放进自己口袋，小心翼翼地珍藏了起来。

记忆开始没完没了地延伸。

除却儿时并不美好的记忆，在郝堂的那部分回忆里，第一次见到闻妮妮，是在学校游泳馆里。

体育老师因为忘记结婚纪念日的事情陷入家庭风波，心情不佳便让学生自由活动。那阵子郝堂正在准备一个竞赛，模拟卷做得不尽如人意，心情也焦虑得很，思索起茫然的人生，忽然间找不到生存意义。

他拒绝了庄严他们提出打球的建议，远离闹哄哄的操场，想去游个泳解解压。

泳池清澈见底，甚至能看见白色瓷砖的纹路。少女身姿曼妙，灵动的双腿拨开一层层涟漪，水面上的微光被打得细细碎碎，一路直入他的心底。

生物学上的男女有别理论，远没有眼前直接的视觉冲击带来的燥热令人难以抵抗。

他控制着青春期的悸动，努力移开视线，背身听着水面被拍打发出的声音以及少女偶尔发出的畅快恣意的笑声，竟莫名地将那股子烦恼都抛在身后。

少女在泳池里一遍一遍练习，累到精疲力竭的时候，趴着喘两口气，没多久又继续练习，乐此不疲。

那时他不知道她姓甚名谁，却在她身上看到自己，那个倔强不服输的自己，那个不去过问未来是否明朗，只在乎当下有没有全力以赴努力的自己。

她叫什么名字呢？他第一次对一个人的名字产生了兴趣。

第四章 / 橡皮糖

你算哪个口味的橡皮糖，怪想捏的。

——闻妮妮的《糖果手札》

找了将近一个小时都没有找到糖果纸的闻妮妮，在脖颈酸痛的提醒下，终于接受事实决定放弃，离开了糖果店。

郝堂坐了一会儿，心情久久无法安定，视线不时地瞥向闻妮妮消失的方位。

连摘糖果纸的行为都做出来了，难道她真的打定主意要脱粉吗?

看来这次她是真的很难过了。

也为难闻妮妮那脑子，怎么可能想得通。

看来他还是得亲自去解释一下才行。

郝妈妈见自家儿子如此心神不宁，顿觉疑惑，可又不知道该如何开口询问，便随意找了个话题切入：“儿子，你这平常都是直接拿本书，怎么今天还带了书包？最近课业负担很重？”她担心孩子天天学习，把脑子都学傻了。

郝堂眼明手快地将书包抓回怀里，心头掠过一丝慌乱：“我先回家做作业了。”

冲出店门的时候，他才觉得自己有点儿失态了。

他隔着布料捏了捏书包里的长方形物品，这是他准备送给闻妮妮的礼物。

在上海培训的那几天，在电话里听郝恬说起闻家开生日聚会的事情，他以为是闻妮妮生日，便顺手给她带了个小礼物。

一把电动牙刷，最适合拯救糖瘾少女的牙齿。

沿着闻妮妮回家的路线走到底，郝堂还是没有碰见她。闻家房子依旧是熄着灯，她也没回家。他心里正疑惑着闻妮妮会去哪里，忽然被一个稚气的声音喊住。

“郝堂哥哥，你来找我姐姐吗？”

郝堂循着声音，从不太亮的光线中辨识出闻铭的身形，他身后站着的一男一女，估计是他的爸爸妈妈。

出于礼貌，他朝着闻家爸妈点头打了招呼，平静地自我介绍：“叔叔阿姨好，我是闻妮妮同学。”然后低头看闻铭，扯了一个自己都难以置信的谎言，“那个老师临时布置了作业，让我来和她说一下。”

“妮妮她一早就去郑小悦家学习了，还没有回来呢。”闻妈妈上前一步解释。

“一早？您知道大概几点吗？”

“七点左右吧。”

郝堂了然，闻妮妮肯定在撒谎。不过他并没有拆穿，微微躬身道别：“那叔叔阿姨，我就先走了。作业的事，我再发短信给闻妮妮。”

闻爸爸见郝堂慌慌张张离去的背影，嘀咕起来：“这臭小子不会是想借我宝贝女儿作业抄吧？大晚上还跑来说什么作业。”

闻铭抱着肩膀，做摇头状：“爸，您对您女儿的误解是不是太深了。”

“看着挺不错，还蛮有礼貌的。”闻妈妈微微一笑。

郝堂在脑海里检索一番，愣是没记起来郑小悦到底长什么样，仅有的线索就是郑小悦和自己同班，且是闻妮妮经常来找的人。

他给闻妮妮打了电话，无人接听，只好又给庄严打电话，辗转询问郑小悦的电话号码。

“郝堂你什么时候对郑小悦有兴趣了……你口味真的是太重了。老实说郑小悦和闻妮妮一比较，闻妮妮更适合你啊……你怎么能三心二意……”庄严在电话里叽叽喳喳吵了许久。

如果可以的话，郝堂很想把他的嘴巴缝上。

郝堂按着太阳穴，情绪在忍耐边缘。要不是为了要到号码，他绝对不会让废话连篇的庄严多活一秒。而此刻他只能紧咬着牙，耐着性子催促："快、点。"

庄严这才识相地给了号码。

郝堂立即给郑小悦打了电话，开口时连个自我介绍都省略了："闻妮妮没在你家吧？"

郑小悦还在为这陌生的号码疑惑，听着电话里这没头没尾的质问，更是摸不着头脑。可对方的声调太冷冽，压迫得她下意识点头回答："没有。"

说完之后大脑才恢复理智，发现这话里有圈套。她想追问电话那端的人，可是发现电话已经挂断。

闻妮妮和郑小悦有个多年协议，即两人要是有不可告诉父母的出门需求，就分别以去对方家为理由。长久以来，这协议让两人多次死里逃生。一般闻爸爸打来电话，会习惯性地询问——"我们闻妮妮在你家吧？"

鬼知道今天对方心血来潮会在前面加个"没"。

郑小悦顿觉要出大事，无心再和试卷上的错题抗争，急忙打了电话给闻妮妮汇报军情："妮妮，你一定要注意安全，刚才有个好像是你爸的人打来电话问你，我不小心给说漏嘴了……"

闻妮妮正想问得仔细点，那个"好像是你爸的人"究竟是什么意思，就听到电话里郑小悦妈妈一顿暴喝。

"我就说你怎么学习退步这么快，快点交代是谁……"

"妈，您误会了，那人是来找闻妮妮的。"

“闻妮妮？呵，她可不像你，她才退了一名，你都退了八名了……”

闻妮妮挂了电话，看着手机上的未接电话提醒。

“郝堂打了那么多电话是想说什么？关心我？不不不，也许是说……”她清了清嗓子，摆出郝堂那副居高临下的姿态，像模像样地模拟起来，“闻妮妮你这个骗子、伪学霸，成绩那么差以后别再和我说话。我乃学霸一族，是不会和你这种傻子做朋友的。”

“不，郝堂，你听我解释。”

“我不听，我不听，我不听。”

闻妮妮朝着泥塘狠狠地砸了一颗小石子：“呵，臭男生，要生气也是我生气！”

“噗——”

“笑屁啊。”

“大概就是在笑屁吧。”对方刻意将“笑”和“屁”分离，还在“屁”字上加重音调。

言下之意，他在笑屁，而闻妮妮就是那个“屁”。

闻妮妮本就心情不悦，还被人莫名其妙地挑衅，双手一撑站起身，怒火要冲上脑门的瞬间，才回过味来这是郝堂的声音。

郝堂笑着解释：“你爸让我来找你的。”

啊——

闻妮妮恍然大悟，郝堂就是郑小悦口中那个“好像是你爸的人”。

这么说他从她打电话的时候就出现了，还一声不吭地躲在暗处听她自言自语。为了掩饰尴尬，她只好先发制人，佯装盛怒地转头：“同学，偷听别人说话是很没有公德心的。”

咔嚓——

“同学，你是在偷拍我吗？偷拍别人照片是……”

咔嚓——咔嚓——

郝堂递出手机，将刚才拍下的照片送到闻妮妮面前。

与其说是照片，不如说是抽象画。

在昏暗的光线下，是闻妮妮那张嵌着一双像得了红眼病眼睛的多边形脸，面目狰狞都算是褒义词了。

如果不是这手机看着有点贵，她保证会把它摔进泥塘里。

“你觉得这和乐冉的照片相比怎么样？”

如果不是顾虑到郝堂手上的肌肉，她保证会把郝堂和他可恶的手机一同摔进泥塘里。

闻妮妮可算明白了，这郝堂不仅仅是来嘲讽她的智商，还要来打击她的外貌。

“郝堂同学！我郑重地告诉你，你别仗着自己学习成绩好就可以为所欲为了。”闻妮妮气急败坏，她在和他发泄自己的怒意，却被他如此满不在乎地调侃。

郝堂丝毫没有意识到自己身处危险之中，仍旧是不依不饶地逼问：“你还没有说觉得怎么样？两者对比一下，看出什么区别了吗？”

闻妮妮咬着后槽牙：“乐冉全世界最好看，行了吗？”

她往后移了两步，拉开和郝堂的距离，委屈之情溢于言表。

“不是这个。”郝堂纯真地摇摇头，将距离拉了回来，那眼神认真得好似和闻妮妮在探讨什么很重要的奥数题目。

“就你和乐冉两张照片的构图角度来说，不可能出自同一个人之手。我摄影技术不太好，拍不出乐冉那种照片。简言之，乐冉的那些照片不是我拍的，我唯一拍过的两张人像图，是在一分钟之前，人物是你。而且从你脸上的表情来看，显然不是非常满意。”

岂止不是非常满意，她是非常不满意啊！

在这毫无重点的话里，闻妮妮隐约有点明白，郝堂也许是在和自己解释关于乐冉的事情。

“你到底什么意思，我怎么都听不懂？”能不能直接说明，不知道这样很费脑子？闻妮妮觉得此刻的自己不仅是心堵，连脑子都开始发堵了。

“我们想找出拍照片的人。”

闻妮妮想了又想，迎着郝堂期待的目光接过话：“然后……和他学习摄影技术？”

郝堂：“……”

“有人在跟踪乐冉。”郝堂的神色蓦地肃然几分，怕闻妮妮愚钝还不能理解，又补充说明了一句，“就是这个拍照的人。”

大约是三年前的某天，发生了一件事。那天乐冉放学，顺手摸口袋，发现钥匙不见了，正往回走要找钥匙，看见一个可疑的男人。当时她也是初生牛犊不怕虎，想也没想便追上去。那男人跑得极快，身上掉下一串钥匙，正是乐冉丢的。后来回想起来，她才心有余悸。

在那之后，乐冉格外小心，隐约觉得自己被跟踪。过了很长一段时间都是风平浪静，她也渐渐淡忘了这件事，没再多想，纯粹当作是自己疑神疑鬼产生的错觉。

直到前几天看见抽屉里那堆照片，囊括了她近一年的生活，她才意识到不对劲，遂向郝堂求助。

为了保护乐冉以及找到一些线索，郝堂几乎和乐冉保持形影不离的关系。

他刻意在同学们面前制造他和乐冉有不同寻常朋友关系的假象，一方面是因为如果对方真的是喜欢乐冉，有可能因为吃醋而露出马脚；另一方面如果对方是其他目的，他这么做也能达到震慑的目的，好让对方不敢轻举妄动。

闻妮妮没想到事情这么复杂，完全超出了她的认知范围："难道那个人不是乐冉的爱慕者吗？"

他还会伤害乐冉？这个可能性是她先前从未想过的。

喜欢，不就等同于保护吗？

眼看着郝堂抬手，八成是要给她一记"糖炒栗子"，闻妮妮眼疾手快地抱着脑袋躲了过去，没料到左脸中了袭击，传来冰冰凉凉的触感。

他轻轻地捏了一下她的脸，嘴角显了笑意："闻妮妮，你能活到今天可真是不容易。"

闻妮妮还在咀嚼郝堂这话里究竟有多少层含义，郝堂已经再次换上严肃的表情："如果对方是借着这个由头心怀不轨呢？他的目的是什么？为什么这么见不得人？

"敌在暗我们在明，乐冉很危险。

"再退一步说，就算对方真的爱慕乐冉，可这样时时刻刻偷拍一个女生，已经侵犯乐冉的个人隐私，这是违法犯罪。"

被郝堂这么一说，闻妮妮也觉得毛骨悚然。

那种感觉就像是随时随地都有一双猥琐的眼睛在窥探你的生活，而且很可能那双眼睛的主人龇着一口参差不齐的大黄牙，就好像……

好像不远处出现的那只……

"啊！是大狗！"

郝堂看着闻妮妮不断瞪大双眼，直到眼里被惊愕填满。他还没有反应过来，闻妮妮已经撒开腿跑起来。

身边忽地刮过一阵风，金毛晃动的大尾巴擦着他手背离去。

闻妮妮跑得越凶，金毛便追得越是欢脱。只听到"啊"一声惨叫，闻妮妮就不见了人影。那狗朝着四处吠了两声，见没了目标物，甩甩尾巴，离开了。

四处荒野，光线晦暗。

郝堂心焦，打着手机手电筒四处喊人，却无人应答。

就在他打算换个地方再找时，听到有人提着气息轻飘飘地说："我在这儿。"

他专注地听，发现声音是来自……泥塘。

同时闻妮妮细若蚊蚋的声音证实了他的猜测："我掉进泥塘里了。"

"你怎么过去的？"郝堂望着接近泥塘中央的黑影愕然。

"我也不知道，就这么跑着跑着……"刚才一心想着躲避恶狗，只顾着尽全力逃命，也许这就是激发了潜能？

闻妮妮提心吊胆，又再确认了一遍："你先帮我看看，那、那、那狗走了吧？没有回头吧？"

"走了。"郝堂吸了一口气，故作惋惜的表情，"那你现在自己跑回来吧。我就先走了，太晚了。"

"喂喂喂，你好歹把我拉上去啊，我力气刚才都花完了。你这是见死不救。"

"我拉你上来，就是你的救命恩人？"

"是是是。"

"不怄气了？"

"不怄。"

"不算乘人之危？"

"不算。求求你先把我拉上去吧，这里太臭了。"

郝堂看着闻妮妮这乖巧顺从的模样，实在忍俊不禁。他寻了一圈，在田埂上找了一根看着还算粗壮的竹竿，朝闻妮妮递过去：“你抓住，我把你拉上来。”

“好了。”闻妮妮抓住竿子，很快感受到竿子另一端传递来的拉力，奈何陷在泥水里的下半身好似被无形的手狠狠抓着，根本动弹不得，拉扯了半天，双手酸痛，人却还在原地岿然不动。

“不行不行，我的脚好像抽筋了。”

“啪嗒”一下，竿子也断了。

惯性使然，郝堂险些整个人也栽进泥塘，一旁的书包直接被踢了下去。他无奈地叹了口气，脱了鞋子下去：“你等着，我现在过来。”

连日来缺少雨水的泥塘，黏稠得很，一旦踩下去，如同陷入浇铸的胶水中，每一步都需花费很大力气。更难忍受的是，随着脚步的深入，那泥塘的恶臭令人作呕，也不知道里面都是些什么东西。郝堂向来对这些脏污的东西有极大的抵触，此刻却只好忍着翻滚的胃液，硬着头皮往前。

“你把手伸给我。”

昏暗的光线中，闻妮妮探到一只厚实的手，抓住的时候显然感觉到手的主人僵了一下，然后以更大的力度回握。

两人掌心间隔着一层未干的污泥，传递粗粝的质感。许是视觉效果的弱化，强化了手的触感，闻妮妮觉得这只手前所未有的厚实，蓄满了力量。

她也不知道这种时候自己是哪里来的闲情逸致，还不忘仰头看一眼星空的景致。

天空像宁静的深海，繁星忽明忽灭，蠢蠢欲动。

她跟在身后，借着掌心传递来的力量，深一步浅一步地走着，结块的发丝不时地打在脸颊，传递阵阵恶臭。

一番折腾下，郝堂可算是把闻妮妮给捞到路边。

两人身上汗水混着泥水，并不比从臭水沟捞出来好多少，然而他们实在是累得精疲力竭，躺在地上，大口喘着粗气，呼吸着腐烂的臭气。

远处青山绵延起伏，环着一方寂静田埂。头顶的繁星，一点一点从云层渗出来，发出银白色的亮光，有一瞬间像是触手可及。

然而此时此刻躺在路边的他们，全身上下都沾满污泥，被渐渐风干结块，抖动两下，睫毛都能掉下一大块泥垢。

郝堂觉得自己应该说点什么，好让自己能忽略这一身难受的污泥。

他动了动唇瓣："乔治·茨威格最早提出看不见的粒子构想时，被外界当作疯子，被专业大学所排斥，被人告发为'江湖骗子'，因为这些粒子没有相应的模型，甚至连观测它们的方法都没有。直到 70 年代才有人真正能够证明夸克粒子的存在。"

一旁的闻妮妮没有任何回应，郝堂又换了个新的案例："王亚南小时候酷爱读书。为了争取更多的时间读书，还把木板床的一条腿锯短半尺，成为三脚床。每天读到深夜，疲劳时上床去睡一觉，一翻身床向短脚方向倾斜过去，他就会被惊醒，便立刻下床，伏案夜读。后来，终于成为我国杰出的经济学家。”

这莫名其妙的话题，什么“茨威格”“夸克粒子”“三角床”让闻妮妮听得云里雾里，她眉头都快拧成一团了，也没懂郝堂到底在说些什么。她眨巴着疑惑的大眼坐起上半身，不可思议道：“你让我把家里的床锯了？”

郝堂沉声道：“任何事情都有一个发展过程。前途是光明的，道路是曲折的。”

闻妮妮：“这句我听过，哲学课要考的，老师画了重点。”

郝堂：“……”

稍稍恢复了些力气，两人结束了并不太愉快的话题，就近找了水源冲了一下身子，瞬间通透清爽许多。不过这么一冲水的结果，就是衣服里的风光显山露水。

闻妮妮双手交叉捂着胸前，实在是尴尬得很，不过一般这种情况，男生总是会做出主动脱衣服给女生穿的绅士举动。

想到能立即喜提一件郝堂的贴身衣物，闻妮妮有些喜不自胜，她骨碌碌地瞪着大眼盯着郝堂的衣服，却迟迟不见郝堂有任何要脱衣服的动作，反而是一声不响地捡起地上的书包转身欲走。

他又打算扔下自己？闻妮妮有点急了：“嗳……”也许她应该暗示一下什么的？

她咂了两下嘴巴，看着郝堂走到不远处的垃圾桶，顿了脚步，一手倒提着书包，一手扯开拉链，将里面的东西全都一股脑儿倒进去，然后面色沉静地走回来。

里面的东西全都扔了？闻妮妮难以置信地盯着空荡荡的书包，为他准备如何向老师交代而焦急：“你书包里面的作业本、试卷都不要了？”

“你觉得还能用得了？”先不说臭不臭的问题，那些纸张早都糊成一团了。郝堂泰然处之，“况且都写完了，没什么用。”要不是书包还有点用处，他也一并将其扔进垃圾桶了。

只是可惜了礼物……他撇撇嘴。

闻妮妮焦急得仿佛那是自己的作业本，杞人忧天地看着郝堂：“老师们不会放过你的。”

“那是我的事情。”郝堂挑眉一笑，视线再次无意间落到闻妮妮身上，捏着拳头放在鼻尖干咳了一下，同时迅速将视线移开，脑海里却跟着浮起那日游泳馆里的情形，耳根子都红透了。

捏着书包在水里冲了两下，用最大的力气将书包拧干，郝堂才将其扔进闻妮妮怀里：“将就着用下。”始终不再多看她一眼。

“啊？”闻妮妮不明所以地怔了怔。

“背前面吧。”

郝堂无奈地用眼神点醒她，闻妮妮这才反应过来，匆忙背了上去：“谢……谢谢啊。”

经过泥塘事件后，闻妮妮觉得她和郝堂也算得上是患难之交，地位和作为郝堂的青梅的乐冉并未差多少。

哦不，应该是发小。

郝堂是这么和她定位乐冉身份的：“乐冉只是我的发小，我没有青梅。”

为了理解这句话，闻妮妮还特意上网搜索了一番，青梅和发小的不同之处。总结起来就是可能结婚和不可能结婚的区别。

而且当闻妮妮问起为什么郝堂总和乐冉一块儿玩耍的时候，郝堂给出的理由是因为见面的次数多，乐冉的样貌勉强能让他记得。

“她和庄严长得蛮像。”

气质斐然的乐冉，居然和流里流气的庄严很像？真是难为郝堂的眼神了。

后面闻妮妮就不敢再多问，唯恐郝堂嘴里还会蹦出一句“你也和庄严很像”的话。

“所以郝堂作为乐冉的发小，而我作为郝堂的生死之交……我……只有尽快地找出那个拍照的人，才能让郝堂和乐冉减少来往。你说我理解得对不对？”闻妮妮言辞慷慨激昂，使命感油然而生，正说着就要拍案而起，扫荡全校揪出犯罪分子。

郑小悦按下她的肩膀，劝她不能冲动行事：“全校两千多名学生，逐一排查，得查到什么时候？”

也是，说不定那时候郝堂和乐冉爱情的火花都燎原了。闻妮妮想了又想，一拍大腿，乐颠颠道："我有办法了！我可以来一招引蛇出洞。"

"怎么个引蛇出洞？"

闻妮妮舔了一下上牙，隐约还能尝到点糖果味，顿了两秒才反应过来，对面咬着吸管的郑小悦还在等她回答。她故作娇羞地吐出三个字："美人计。"

郑小悦：卒。

实施美人计的第一步，就是先成为美人，而闻妮妮要做的就是成为比乐冉更美的美人。这样犯罪分子的目光就会从乐冉身上，转移到她身上……

郑小悦本以为闻妮妮只是一时兴起，当她走出教室看见站在走廊上的女生，差点没摔个狗吃屎。

士别三日当刮目相待，这话说得真好。

要不是闻妮妮朝她招手，郑小悦根本无法将面前这个一身鹅黄色格子短裙，还铺着刘海的女生，和那个素面朝天，只顾着咧嘴傻笑的死党联系在一起。

因为常年游泳健身的缘故，闻妮妮的身材不错，虽说算不上凹凸有致，可那小蛮腰和锁骨也让人看得心头一跳。尤其是那一双白皙修长的腿，往日总是被遮盖在宽松的校服下，这一见天日，几乎要吸引所有人的目光。

闻妮妮调整了一下站姿，裙摆跟着轻微晃动，看得郑小悦都忍不住咽了下口水。

衣服是闻妮妮趁着周末时间去商场采购的，一改平日里宽松T恤衫和长裤搭配的风格。此外她还特意去理发店，整了时下最流行的空气刘海，光洁的额头若隐若现。

“你觉得怎么样？”看到郑小悦的反应，闻妮妮觉得自己应该算是成功了，可还是想从对方嘴里得到肯定的回答。

郑小悦又忍不住打量了一下闻妮妮的脸颊，见她唇瓣饱满，红润得要滴血，更衬得脸蛋白嫩，笑起来的时候，眉眼染着一抹艳丽，娇羞之中还带着几分清朗神采。

在这个素面朝天的女生堆里，说闻妮妮艳压群芳都不为过。乐冉又算得了什么？

郑小悦两步走近，对着闻妮妮拍案叫绝。

走廊里围了几个男生，看到闻妮妮的时候，目光皆是一滞，直愣愣地瞅了许久，才恋恋不舍地收回视线。

郑小悦有个仙女朋友的事情，很快在他们班传开了。

慢慢地，也有人开始从郑小悦那里打探关于闻妮妮的小道消息，这其中数孔友最为积极，又是帮郑小悦值日，又是帮她跑腿买零食，别提有多殷勤。

“郑小悦姐姐，这袋是给你的，这袋你帮我给妮妮吧。”孔友提着两大袋零食，然而一眼就能看出要给闻妮妮的那一袋多了很多，胀得都快满出来。

“你这偏心得也未免太明显了吧。”郑小悦摆出不满意的表情，“怎么着？想追我们家妮妮，可是没那么容易的。我告诉你，我可是闻妮妮最好的朋友，我要是不满意了，妮妮也是不满意的……”

孔友提着袋子在郑小悦面前晃了又晃，讨好地笑着：“小悦姐姐，回头我请你吃肯德基，你要点什么随便选。”同时扭捏地摆弄着身子撒娇，“这一次就帮帮我。”

话音刚落，孔友听到身后响起一个低沉的声音：“借过。”

简洁的两个字，莫名有一种压迫感。孔友慌忙侧身，让出一条道来，见郝堂阴沉着脸擦过眼前，走了两步，脚步停住，回头与他对视了一眼。

郝堂嘴角似挂着似有若无的笑意，却看得孔友汗毛竖起。

“友情提醒，班规第九条，不准在教室吃零食。”

孔友慌忙将零食塞进郑小悦的抽屉里，看着郝堂绕到教室最后再往前走到窗边，后知后觉地想起来，这教室过道那么宽郝堂不走，刚才偏偏要从他那儿挤过，还是绕远路。

难不成他得罪郝堂了？

庄严一回头，看见后桌的郝堂蹙着眉头，是他极少露出的表情。他不禁来了探究的兴致：“我猜猜是谁让我们郝堂多了一种形态。”

郝堂没心情和他贫嘴，头也没抬，握着笔在解函数题。

“嗳嗳嗳，你快看门口，你家那位小粉丝来找你了。”

郝堂依旧没抬头，看不到他脸上有没有波澜。

“咦？居然不是找你的？”庄严瞪圆了眼睛，看着孔友走出门外，“说起来这女人一打扮，可真是好看了许多，跟换了个人似的。不过，你家小粉丝最近怎么和孔友走得这么近？”

他手里的笔端不自知地顿了一下，数字“3”只留下了半道弧形残影。郝堂这才掀起眼皮迅速瞄了一眼门口，见孔友抓着后脑勺和闻妮妮聊天，表情傻乎乎的。只是闻妮妮背对着郝堂，郝堂看不到她是什么表情，脑海无法控制地冒出揣测：她是不是也笑得和孔友一样开心？

庄严的声音还在郝堂耳边没完没了：“小粉丝最近打扮成这样，该不会是早……”

“恋”字还没说出口，庄严就切切实实感受到来自郝堂的白眼，以及紧跟着的笃定的三个字：“不可能。”

“怎么不可能了？我看你这是心理落差。可你得看看，人家孔友对闻妮妮那叫一个积极主动。”庄严“啧”了一声，转头看着郝堂，换成了一声喟然长叹，“再看看你，除了长得帅、脑子好……”

看着试卷上郝堂刚写完的“23+46=59”，庄严皱了皱鼻子：“收回我刚说的认为你脑子好的评价。喂喂喂，你去哪里呢？”

“洗手间。”郝堂抛下回答，起身朝门口走去。

闻妮妮本来是打着给郑小悦送牛奶的幌子，来看一看郝堂，没想到郑小悦不在，孔友突然冲出来拉着她说了一通，还非常热情地表示会帮她将牛奶转交给郑小悦。

“你放心，保证完成任务。”

孔友如此热心，闻妮妮也没法推辞，迟疑地递出牛奶，被突然闯入的身子挡住，她下意识地缩回手，抬眼看着面前的郝堂，心里是有一点期待的：“郝堂……”

大家都夸她这样好看，那郝堂会不会也觉得好看？

她莹亮的双眼巴巴望着郝堂紧绷的下颌曲线，直到曲线变成一个远去的背影。

郝堂一句话也没说就走了。

孔友心里有些不满，道路那么宽，非要从他和闻妮妮之间的狭窄区域走过。

闻妮妮所在的位置是 11 班，边上就是洗手间，所以每次郝堂上洗手间，都要经过她的视线洗礼。

看着郝堂缓步走进男洗手间，闻妮妮调转方向，正欲踱回教室，才发现女洗手间门口不知为何堵了许多人。

有人在焦急地喊：“快快快，里面有两个女生打起来了！”

“谁啊？”

“其中一个好像是 1 班的女生，叫郑小悦吧，还是校队的呢，力气可大了。”

闻妮妮一只脚都踏进了教室，听到郑小悦的名字，又急急转方向冲进女洗手间，拥堵的人群，差点没把她给压扁。

眼前是两个打得面红耳赤的女生，像是两头斗角的羚羊，微屈着身子对峙。花了两秒时间，闻妮妮才看清两人。长头发的是闻妮妮同班同学朱伶，而短头发的正是郑小悦。郑小悦充分发挥了短发优势，做出了将朱伶的麻花辫紧抓在手，而不被对方抓住一丝头发的高难度动作。

边上还有一个不知所措的劝架者，一看就是没什么经验的新人。

郑小悦专门跑到女洗手间打架，抢厕所吗?

“啊啊啊，我的头发……”朱伶叫得凄惨。

“你下次要再敢乱说，我就撕烂你的嘴巴。”郑小悦气势很足。

“我又没说你，我说的闻妮妮，你打抱不平什么……啊啊啊，我的头发。”

朱伶的为人闻妮妮深有领会，嘴巴阴毒得很，八竿子打不着的人她都要评头论足一番。昨天闻妮妮就听到朱伶和一个女生议论她打扮得花枝招展，不过那时候她也懒得去和对方进行口舌之争。这么一听下来，估计是朱伶又在说她什么坏话，刚好被郑小悦听到，才有了这么一个场面。

郑小悦毕竟是校队训练出来的，力气大得很，平时也都是没轻没重。朱伶纯属嗓门大的纸老虎，中看不中用，落了下风也是必然。

担心郑小悦真要把朱伶的头发揪光，回头还得费钱给她植发，闻妮妮赶忙上前拉人：“小悦，冷静冷静，冲动是魔鬼。”

面上说着好话，趁着劝架的契机，闻妮妮还是控制不住脚，也非常冲动地、“不小心”地踩了朱伶两脚，就听到朱伶又吃痛得哇哇叫了两声。

由于洗手间的味道实在过重，闻妮妮将郑小悦一路拽出门口。朱伶眼见有人帮忙，气焰一下子嚣张起来，追到门口对郑小悦骂骂咧咧。

“郑小悦你算什么，别以为大家不知道，你能进尖子班还不是因为你妈塞了钱。”

一个没注意，郑小悦已经脱离闻妮妮的控制，闪身扑到朱伶身上：“我今天就撕了你的嘴……”

两人又扭打作一团。

“住手！你们都是几班的学生？”不知是谁喊来的教导主任严余力，声音中气十足的，听着仿佛是从那微凸的小腹里发出来的，把鼻梁上的眼镜都震得滑了下来。他推了推镜架，透过黑框眼镜看着面前的两个令他十分不省心的学生。

第五章 / 彩虹糖

没尝过，怎么知道我比彩虹糖甜。
——闻妮妮的《糖果手札》

几人被严余力拎到了办公室。

严余力绷着脸，刚要开口，只瞥了朱伶一眼，朱伶就两手一抹眼角，眼泪说来就来，滔滔不绝地细数起郑小悦的恶行。

听了半天，脑子里除了朱伶抽抽搭搭的哭泣声，其余的什么也没听进去，严余力甚是不耐烦，但为人师表又不好叫停，只好看了看偏着脑袋、一脸事不关己的郑小悦："你叫郑小悦是吧？1 班的？"

"嗯。"郑小悦烦躁地抓了两下碎发，继续偏着头，没有理会严余力的意思。

严余力这才把目光转向看起来容易交流的闻妮妮，拧着眉头，提高嗓门：“你是几班的？校风校纪明确规定，学生要穿校服，你穿的是什么？”

闻妮妮低头看了看裙子：“如果没看错的话……应该是裙子吧。”

郑小悦笑了，严余力的脸色青了，正欲暴喝，被推门而入的郝堂打断。

郝堂俨然一副没有看见屋内其他人，也并未察觉到屋内紧张气氛的样子，径直走向严余力，将手里的书本翻页展开放在他面前：“严老师，有道题目想请教一下您，不知道您现在方便不方便？”

这话问得，再没有眼力见的人，也能看出气氛不对劲吧？

闻妮妮正要为郝堂撞上枪口捏把汗，发现严余力的脸色一下子缓和下来，端出学术大家的风范，提着沉稳的嗓门回答：“这道题，等下我看看……”

闻妮妮到底也没能明白郝堂究竟是使了什么魔法让严余力阴转晴的，总之严余力的注意力全在题目上，他先是看了两眼，而后拿起笔和纸演算起来。

郝堂站在一旁，偏头的动作，让他额前的碎发往一侧倾斜，挡住半边眉毛，碎发被窗口投射的光映得发亮。鼻梁左右是明暗不一的光，整个人看起来像是人物素描，被闻妮妮小心翼翼地珍藏在脑海里。

愣了半晌，她才想起来自己站在这里被严余力训斥，好死不死被郝堂给撞见的事情，有些难为情地用手遮了遮上半张脸。

本来以为这不过是个小插曲，可是过了足足五分钟，严余力都没有吭声。神奇的是，闻妮妮从他的脸上看到了一种熟悉的表情，那是她每一次做不出题目都会露出的表情。不过严余力比她表情要更纠结一点，那是一种做不出题目还不能让别人知道的表情。

闻妮妮居然对他产生了一点惺惺相惜之感。

此时严余力来了一通电话，他像是找到了救命绳索，至少在闻妮妮的解析里是这样。他忙不迭扔下纸笔站起身，一边说着一边往门外走。

屋子里瞬息之间恢复了安静。

还能有什么比在郝堂面前挨批更丢脸的事情？一看到郝堂，闻妮妮立即转了身，恨不能将整个头都埋进地板。

过了一会儿，严余力回来了，他捏着手机，面上挂了点无奈："郝堂，我现在有点事，回头再指导你。"走了两步，他看了一眼还在面壁思过的闻妮妮、朱伶、郑小悦三人，"回去抄十遍校规。"

这件事算是了结了。

可朱伶觉得自己没讨到公道，心里憋着委屈，气急败坏地喊住走到门口的郝堂："郝堂同学，你作为 1 班班长，也该好好教导一下你们班的学生。"

郝堂无动于衷，对于朱伶歇斯底里的挑衅置若罔闻。

被忽略的朱伶气得咬牙，脸上一阵青一阵白，一度到了忍耐的边缘：“郝堂，闻妮妮她可是整天和其他男生混在一起，老师经常都说她心思松散得很。她是什么样的货色，你应该清楚吧？”

郝堂顿了顿脚步，看见闻妮妮站在走廊尽头，孔友迎面朝她奔去，脸上流露出焦急神色，可碍于他与他们之间的距离太远，他根本听不到两人说了些什么。

“你呢？”郝堂回头看了朱伶一眼，不答反问，“作为闻妮妮的同班同学，在背后说这些话，又是什么样的货色？”

郝堂是出了名的好学生，说话从来不带脏字，“货色”这样极具贬义色彩的词汇能从他嘴里吐出来，着实令朱伶受惊。

再加上他透着压迫性的锐利的姿态，温文有礼尽数褪去，宛如变了一个人似的，朱伶被呛得一时之间不知如何回应，急忙加快脚步拉开距离。

心情真是莫名的差。

郝堂牵了牵嘴角，见闻妮妮和孔友还在说话，到底有什么事情能说得这么没完没了？他不自觉地加快脚步，那边的声音清晰了些。

“妮妮，我还是陪你去医务室看一下吧？”

“我说了不用，我没受伤。”闻妮妮猛摇头。郑小悦一直说她的理解能力不行，可现在她觉得孔友的理解能力才是真的不行。她已经在这里和他浪费唇舌近五分钟了，他还是不依不饶地要带她去医务室看一看，非说什么“人道主义”。

两人你推我让地纠缠了好一会儿，闻妮妮的好脾气快没了，几欲抄起袖子抓着孔友打一顿。她有些不悦地皱了皱眉，闪身欲避开孔友伸过来的关怀的手，那手却被突然插入的郝堂挡了出去。

“我没事。”闻妮妮这话是对孔友说的，可是眼神却没能从郝堂身上挪开，“你怎么在这儿？”

孔友急道：“怎么会没事？我还是带你去医务室看一下吧？万一是内伤呢？”

我说孔大兄弟，您是不是少林寺武功片看多了？还内伤……闻妮妮就差给他翻个白眼，但鉴于郝堂在场，不太雅观，她只是挤出了一个无奈的笑。

郝堂带着教导主任的口吻插话：“你跟我来一下。”眼神不自知地瞟了孔友一眼。

“哦——”

闻妮妮提着脚步，像只乖巧的小猫咪跟在郝堂身后。

孔友故意扯着嗓子朝着郝堂的背影喊道：“妮妮，傍晚放学之后，我请你吃东西。”

郝堂停了脚步，闻妮妮一个不留神，险些撞上郝堂的后背，她拍了拍胸口庆幸有惊无险。

“闻妮妮，你的校规还抄得完吗？三个小时内不把校规交到严主任那里，难保严主任不会改变主意叫家长。”

闻妮妮点点头，在郝堂的注视下，又摇摇头：“抄不完。”

不过郝堂叫她来就是为了提醒这个？

“为什么不穿校服？”

闻妮妮愣了愣，郝堂该真不会是教导主任上身了吧？她细究郝堂问话的神色，不苟言笑的样子，看得人寒毛直竖。她回答得有些没底气：“因为我要穿裙子。”

这种对话就好比，一个人在问为什么一加一不等于三，而另一个人回答因为一加一等于二。说了也是白说。

郝堂抿了抿嘴角，对这种打哈哈的回答显然是不满意的。气氛沉默了两秒，就在闻妮妮以为对话结束的时候，他忽然间又开口：“你和孔友的关系不一般。”

他这句话说得很为难，眉头一直紧锁着，语毕也没能放松半刻。

“不一般？”闻妮妮惶惑地看着郝堂，有些不明白他这话的意思。

郝堂清了清嗓子：“有同学说你们两个……”

他那副怎么看都别扭的害羞神情，仿佛被传绯闻的是他似的。

“我们两个怎么了？”闻妮妮不太明白郝堂欲言又止的原因，只得认真地追问。

天真无邪的大眼看得郝堂一瞬间乱了节奏，声音闷闷的：“我的成绩可以甩出孔友几条街，你要是还想考大学，就少和他混。”

“我当然要考大学，我还想……还想和你考上同一所大学呢。”闻妮妮半咕哝着，声音逐渐低下去。

但郝堂还是听明白了，声音也跟着低下去：“那就要与孔友与保持距离，以免引起不必要的误会。”

第四节课结束，郝堂和庄严一同去食堂用餐，刚出教室，郝堂提出要去洗手间，于是两人绕到东面下楼，路过11班，听到教室里传来的声音。

晚饭时间，同学们都走完了，只剩下闻妮妮和孔友。空荡荡的教室，对话格外清晰。

“谢谢你，我最近减肥，这些零食我都不吃。”

“可这些都是我特意为你买的……”

“孔友同学，我真的谢谢你的好意，可是拜托你以后能不能离我远一点，我不想再引起不必要的误会。”

“什么不必要的误会啊……这怎么回事……”

“我不和你说了，我要抄校规了，你赶紧走吧。”

被闻妮妮赶出来的孔友，低着头闷闷不乐地提着一大袋零食，快走到教室门口才注意到门外的庄严和郝堂。

他抬头不满地瞪了一眼郝堂，撞着郝堂的肩膀走过，眼里分明有难掩的不快。

郝堂神色平静，目不斜视，没有受到丝毫影响。

胜负已分。

庄严好不容易从这微妙的剧情里琢磨出什么，回头看了看郝堂，朝他做出一个两只粘合的大拇指往两边拉开的手势，脸上笑意渐浓："他们两人是掰了？是不是你从中作梗了？"

"谈心谈话而已。"郝堂将视线从闻妮妮那握着三支笔的右手收回来，心道：还算孺子可教也。

庄严倒不是对闻妮妮有多感兴趣，但是他对于每次能用"闻妮妮"这个名字，开发出郝堂更多情绪的游戏，总是乐此不疲、兴致盎然。

这种机会当然不能放过。

"喂，小粉丝，和我们一起去吃饭？"庄严用手指叩了叩门。

闻妮妮哈欠正打到一半，闻声抬头，一眼就看见站在门口的郝堂，被单调乏味的罚抄引诱出的昏昏欲睡的倦意，顷刻间被赶走了大半。

郝堂背光站立着，脸上的表情看不分明。她也不知道自己哪里来的自信，竟然觉得郝堂的视线是聚焦在她身上的。

庄严循着闻妮妮的视线，看了看身侧的郝堂，然后又回看闻妮妮那副要吃了郝堂的表情。

忽闪忽闪的暖橙色烛光，娇艳欲滴的红色玫瑰，空气里甜甜的香味……所有脑海里的幻想都在感官下细化。

能和郝堂共进晚餐，这该是多么美好。然而严余力那张堆满褶子的脸在眼前晃来晃去，无情地把闻妮妮美好的想象都打破了。

她咽了咽口水，轻叹了一口气："我不去了，还是你们去吧，我现在还不是非常饿……"也就挺饿的程度。

庄严耸耸肩还想说什么，转头看到郝堂不知什么时候已经下楼，他只好紧跟上步子。

约莫过了十五分钟，闻妮妮接到一个外卖电话，让她下楼取个盒饭。

闻妮妮正纳闷着是不是骑手送错人了，可查看了单子上的号码和名字，确实是她的信息。将盒饭提到教室的时候，她才忽然间想起来，这饭极有可能是孔友给她订的。

因为她不肯接受零食，所以又给她买了饭。

不得不说，孔友点的菜都是她喜欢的，闻着也太香了。

人穷志不穷。闻妮妮将打开一条缝隙的盒饭重新盖好，放进塑料袋，准备直接放回孔友桌子里。她刚走到教室门口，便撞见已经吃完饭回来的郝堂。

郝堂瞟了一眼她手里完完整整的盒饭，饭都没吃，提着盒饭兴致冲冲去哪里?

"我真的没有再理孔友了，我也不知道他为什么又给我订了饭。我得把这个还回去。"

眼见闻妮妮要走，郝堂急得把她拎了回来："谁和你说这个是孔友订的？"

“那这个还能是谁订的？”也不可能是郑小悦，认识这家伙这么多年，连甜筒都没请她吃过几次，跟个铁公鸡一样一毛不拔的。闻妮妮对视上郝堂窘迫的神情，忽然间意识到一个可能性，瞳孔骤然放大，“是是……是你啊！”

天啊，郝堂居然给她买饭了！

“不是。”郝堂肩背紧绷，捏了捏眉心，“庄严给你买的。”

闻妮妮失落地“哦”了一声，又自作多情了吧。

“不过花的是我的钱。”

庄严在这个“买饭”的过程中，也就是发挥了一个选菜色的作用。

而且郝堂没有告诉庄严，饭是给闻妮妮订的。

闻妮妮那感动的情绪正要沸腾呢，就听到郝堂又说了一句：“十五块。记得还我。”

晚自习下课是九点钟，闻妮妮把校规抄完接近九点半，送到严余力那里，又挨了半个小时的训斥才被放行。

学生们早就走完了，校园里空荡荡的。郑小悦打架的事情不知道怎的就被她妈妈获悉，连晚自习都没上她就被拎回了家，八成又是一顿训。

闻妮妮如往常般走路到公交车站台，准备乘坐最后一班公交车回家。她像是离群索居的人，低头看着交错的电线打在昏黄的道路上，远处是黑黢黢的，仿佛随时都能从对面蹿出一个什么怪物。

也不知是心理作用使然，还是别的什么，她隐约觉得背后有人跟着她，甚至都能听得到对方的脚步声，和她的频率一样，一二一二……

她想撒开腿拼命跑，可是又怕这样会惊动身后的人，万一对方跑得更快，一下子把她擒住怎么办?

她摸了摸书包侧边口袋，拿出一颗彩虹糖，三两下剥开扔进嘴里。甜津津的味道，让她紧绷的心弦放松了些，她故作轻松地哼着小调，步调有些刻意的散漫。

只要走到人多的地方，她就可以迅速跑起来。这样万一有个好歹，还有求救的希望。

前方扎堆围着几个社会青年，或是赤裸着上半身，或是袖口卷到肩头，标配是一头疯狂生长的五颜六色的稻草般的头发。暗处明明灭灭的星火，是手指夹着的烟头。

其中有一个人用意味深长的眸光扫视了闻妮妮一眼，也不知道他和同伴低声耳语了什么，引得几个人都齐齐笑着看向她，吹着口哨。

弄得闻妮妮浑身不自在。

他们的笑声带着玩弄和轻浮，预示着危险的前奏。

德郡高中附近还有一所职业技术高中，完全算得上混混收容所，百分之八十的学生不喜欢上课，抽烟、喝酒、打架……坏习惯染上一大堆。对于德郡高中的学生来说，它完全是个不能想象的存在。闻妮妮猜测，这些人大概是职业技术高中的混混，也是不能惹的人。

那些灼热的视线，几乎快将她的大腿烧化了。

闻妮妮不敢抬头看他们，奈何她又不得不从他们旁边走过去。

他们似乎吃定了闻妮妮，好整以暇地等着她。

前有狼后有虎。

正当闻妮妮进退维谷时，她的脚背不知被什么打了一下，前方的绿毛小混混朝她喊：“美女，帮我捡一下烟盒。”

闻妮妮低头看到脚边的空烟盒，这是明目张胆的戏弄。要是她捡了送上去，指不定他们后面还会怎么耍弄她；然而她不捡的话，就是给他们一个挑事的理由。

前面的人又催促了：“美女，帮个忙呗，把烟盒拿给我。”

闻妮妮俯身要捡，却被另一只手抢了先，紧跟着有一股熟悉的香气钻入鼻子。她愕然看着近在咫尺的郝堂，正想说什么，被郝堂按了按肩膀，又将话都咽了回去。

郝堂的出现让闻妮妮的气势一下子回来，她挺直腰杆直视对面的人，脑海里已然浮现出郝堂以一敌五的画面：一个回旋踢，两个过肩摔，一个下砸拳，再纵身一跃，来个腾空侧踹，结果就是一地哀号的人，个个趴着唱《征服》。

闻妮妮扯了扯他的衣服，笑眯眯地问：“你跆拳道几级啊？”

郝堂摇摇头：“文弱书生，不会跆拳道。”

“嘿嘿，你真谦虚。”

“没有谦虚，我不会打架。”

这话让闻妮妮瞬间慌了神，拉住郝堂：“那你打算怎么……”

“讲道理。”郝堂回头见闻妮妮瞬间蔫了下去，耷拉着肩膀，不禁扬唇一笑，“走吧。”

讲道理？学校老师讲的道理会比你讲得差吗？

闻妮妮亦步亦趋地跟在郝堂身后，心里又是感动又是担忧。然而前面的人，镇定万分，丝毫没有忌惮之色。

几步之遥，闻妮妮简直有一种上刑场的感觉，她在旁边絮絮叨叨地提醒郝堂：“等会儿我们还是别讲道理了，直接认尿，应该不会被打得很惨。”

郝堂置若罔闻，带着闻妮妮走到混混们面前，当着他们的面，将空烟盒扔进旁边的垃圾桶。

闻妮妮看见面前的绿毛小混混身形僵住，脸色有些难看，估计是生气了。她连忙作势伸手进垃圾桶将空烟盒捞出来，并向几人点头道歉：“对不起啊，我同学一定是手误。”

怎料话未说完，郝堂面不改色地说：“乱扔垃圾是一种极不文明的行为，希望你们下次都谨记。”

“这句是口误。”闻妮妮忙不迭解释，唯恐词不达意，双手合十做出唇语，表示千万不要和他计较。

“回去写个检讨吧，不多，800 字。”

此话一出，空气寂静了好几秒。闻妮妮都已经能想象得到那拳头砸在脸上的疼痛感。

闻妮妮：咱这不是讲道理，是拿生命在冒险啊。

她已经不敢抬头去看对面几人的表情了，估计这会儿他们正盘算着先从左脸还是右脸打起。

又静了两秒，听到绿毛小混混哑着嗓子讨价还价：“800 字有点多，再给减 200 字呗？”

“那就 1000 字。”郝堂斩钉截铁道，“嫌少的话不介意再给你多加几百。”

“不不不，1000 字，就 1000 字。”

“就这样吧，明天晚上我来检查。”说罢，郝堂便从混混堆里走了出去。

闻妮妮迟钝了好一会儿，回过神的时候发现混混们毕恭毕敬地给她让出路，还有人低语了一句：“原来是嫂子啊。”

闻妮妮觉得她此刻的心情，用“雷劈”两个字来形容都不为过。

她快步跟上前面的郝堂，嘴巴却跟不上思绪：“你、你、你该不会是黑社会头目吧？”

郝堂回头看她，无奈地勾唇，要笑不笑的。

夜光打出他鼻峰的弧度，顺着侧脸曲线落到丰盈的唇部上。

他的唇珠好性感，就好像……好像 Q 弹的橡皮糖。

看得闻妮妮脸颊一寸寸发烫，连呼吸都滞缓起来，迷迷糊糊地说着：“言情小说里不都是这样写吗？男主人公黑白两道通吃，白天扮演一个儒雅书生，夜里带着黑帮兄弟劫富济贫……”

郝堂几乎是从喉咙里溢出的轻声叹息：“豆豆他们都是我的学生……”低头一看，闻妮妮的表情和他想象的相差无几。

“豆豆？你说那个绿毛是你的学——生——”闻妮妮险些咬到舌头。

“嗯。还有边上的红毛和黄毛。中考前的那个暑假，我给他们补过课。都是邻居，他们父母找到我，托我帮个忙。他们本质不坏，就是不爱学习，缺少正确的引导……”

她想象着狭窄的教室里，讲台上是拿着教鞭讲课的老师郝堂，台下是一排绿毛、红毛、蓝毛……实在是太梦幻了。

“倒是挺喜欢染头发。”闻妮妮想到绿毛对郝堂那恭恭敬敬的态度，依旧百思不得其解，“他们连自己的老师都不怕，为什么这么怕你啊？”

“他们怕的是他们爸妈，而他们爸妈对他们的态度，取决于我。”

闻妮妮了然，仰头看着面前掌握着别人的生杀大权的郝堂。看得出来，他对这些不爱学习的混混，也没有偏见，甚至能从言语间听出点惋惜。

“所以你要帮我补习，该不会是职业病吧？”闻妮妮完全是下意识地暗自咕哝了一句。

不料郝堂耳朵灵敏得很，听得清清楚楚。

“比起提高成绩，现在还有更重要的事。”

“什么？”

郝堂扫了一眼她，最后视线落在她的裙摆上：“正风肃纪。”还有稳定军心，以防叛变。

“明天学校要纪律检查，学生应当穿校服，佩戴校徽，尤其是女生不能留刘海……你不想再被严主任再抓到一次吧？”

闻妮妮怎么觉得这纪律检查，就是针对她来的。她苦恼地撇撇嘴：“可是我连人都还没有引出来呢。”

“人没有引出来？”郝堂微眯着眼睛，再扫视了一眼闻妮妮的着装打扮，很快便明白了闻妮妮整这么一出到底是因为什么。

原来不是因为孔友。

他微垂着眼睨她：“抓坏人和你有什么关系？”平时也没见她和乐冉的关系有多好，“乐冉的事情你不要再掺和了，这不是什么好玩的事情。”

眼前人严肃起来，紧绷的下颌线，让闻妮妮感觉到比严余力更可怕的气场。不过郝堂这话说得好似她是因为无聊寻乐子才闹出这么一番。

她觉得很委屈：“我不是想玩。抓到坏人，你和乐冉就可以保持距离了，这样你就能保住清白……”然后他们还能开开心心一起上下学。

这清奇的脑回路，让郝堂蒙了。

乍看之下，闻妮妮是道小学生数学题，一做才发现还是一道不简单的奥数题。

郝堂摊手：“我又不介意。”

“可我介意。”闻妮妮一时情急，“我的意思是我最讨厌别人造谣了。”尤其是听到郝堂和别人的谣言心里会很不舒服。

郝堂倾身，与她对望了几秒。想当初，她给他造的谣也不少啊。

不过他还是忍住没说，视线落到她身后深邃漆黑的小巷子里：“那些吃饱了撑的没事干的人，就喜欢找点八卦消遣。你辟谣了一个，还会有新的。”要是他一个个都要理会，可得浪费多少时间在这些无聊的事情上。

“那你相信我吗？

“你相信我就好了。”

闻妮妮点点头，心脏似乎被灌了气，不断膨胀，就要飞起来了。她想到方才跟着自己的可疑人影：“我差点忘记了，刚才好像有人跟着我，不会真的是那个坏人吧？”

“没有其他人。”郝堂刚才一直跟在闻妮妮后面，也没有发现其他可疑人物，所以闻妮妮口中的那个人应该是自己。

“难道是其他……”

不能描述的超自然事件……

闻妮妮倒吸了一口冷气，肩膀缩了缩，说着就要往郝堂怀里冲，被郝堂一把拎起来，扔到了路边。

“郝堂，等等我啊！你今天怎么也没骑车啊？”

“车坏了。”

“那我们顺路啊，一起走。等等我。”

市教育局开展征集各大院校微视频大赛，德郡高中作为一流高中，自然不甘示弱，十分重视。学生会一接到任务，会长卢乾立即带领各部门开始如火如荼地组织拍摄。只是拍摄一些风景画面，又过于单调俗套，在各个方案之中，最终采取的是以小剧场的形式拍摄的提议。

这就要求有人员参演，当然是就地取材，从学生之中挑选。

卢乾召集各部门人员，策划视频拍摄事宜，今天主要讨论的就是选角问题。会前各部长已经纷纷提名，筛选出心目中认为适合的人员，呼声最高的当数郝堂。至于女性角色，大家意见相左，迟迟无法达成一致，才有了今天的第二次讨论。

“我觉得第一，肯定得选学习成绩好的，这可是代表着学校形象。要么就从文理班里分别抽一个第一名。”

“不不不，第一眼，肯定是看脸啊。”

“那就选有颜值，有智慧的呗。我看 1 班的郝堂就很符合我们的人选。”

“郝堂是不错，但关键是他不会参加的。去年他为了能专心学习，连学生会都退了。他基本没时间参加这些活动，不可能会答应的。”

“那可不一定，我看他最近挺闲的，还有空帮人补习了。”

“闻妮妮和郝堂的关系不是很好吗？说不定她动员一下，

郝堂就答应了呢。”

闻妮妮作为体育部副部长，自然也是有提名权的，只是体育部一向得不到什么重视，话语权也较弱，每次开会基本都是听着大家七嘴八舌讨论，插不上什么话。不过她也不感兴趣，基本上每次开会都是插科打诨，随大流投个赞成票。

叽叽喳喳的争执声，宛如一首催眠交响乐。闻妮妮支着腮帮子，意识已经渐入混沌。

梦里全是各式字符和公式搅成一锅粥的影像，还有郝堂清冽的讲题声音，其中还夹杂着无奈的叹气声。

“公式是靠推算的，不能死记硬背。”

“闻妮妮你这个猪脑子，这道题怎么又不会？要懂得举一反三。”

“你要学的是解题的思路，抄再多遍不理解也是没有意义的。”

连日来闻妮妮被郝堂拖着在学校补习，大大缩短了她的睡眠时间。今晚好不容易借着学生会开会的由头，短暂脱离苦海。

她的双眼皮还在不停地打架，眼看着就要一决高下，被人用手肘捅了一下腰，脸颊失去着力点，脑袋晃荡了一下，下巴堪堪要撞上桌角，才惊觉众人的视线都聚焦在她身上，她强行打起精神：“在。”

“朱伶推荐你去做郝堂的思想工作，你觉得怎么样？”卢乾再问了一遍。

闻妮妮一时半会儿没明白让她做什么思想工作，一旁的韦弘文提醒她："老大说让你和郝堂说说，看能不能让他参加视频拍摄。"

让郝堂参加形象片拍摄，这绝对是不可能完成的任务。

谁都知道，郝堂很少参与学习之外的其他活动，更别说这种抛头露面的事情。

"算了吧，郝堂这人挺自私的，才不会为了其他事情分心，浪费时间和精力。"朱伶不满地评价。

一听这话，闻妮妮不乐意了，二话不说地为郝堂辩解："郝堂才不是自私的人呢。"

"你说他不自私就不自私了？"

"那你要怎么样？"

"除非他来参加这次拍摄。"

"好！"闻妮妮一个"好"字说出口后，才反应过来自己入了圈套。朱伶哪里是为了攻击郝堂，她根本是拿郝堂的事情激自己呢。自从上次的事情，朱伶就和闻妮妮结下梁子。两人又同在学生会，这么好的机会，朱伶必定是要出一口气。

"闻妮妮肯定没问题的，她和郝堂交情很深的。"朱伶话里有话，"就让她试试看呗，说不定就成功了。你们可别小看了妮妮。"她刻意将闻妮妮在郝堂心里的位置抬得很高，其实心里压根不相信闻妮妮能劝说得动郝堂，就等着闻妮妮被拒绝闹笑话。

卢乾深思熟虑了一会儿，反正死马当活马医，点点头："闻妮妮，你帮忙问一下，不行的话再换其他人。”

就这样，在半推半就之下，闻妮妮临危受命，接下了任务。

午后的阳光浸润在湖面，一点一点漾起的暖意，顺着微风拂过浅草。远景镜头里，模糊的轮廓缓缓清晰，慢慢现出少年姣好的身形……

“闻妮妮，你到底在想什么？”

伴随着声音而来的，还有脑门的微疼。闻妮妮从恍惚之中清醒，见郝堂皱着眉宇凝视着她：“学习是要专心的，你这样别说三本学校，就连考上大学都不可能。”

郝堂深吸一口气，拿起橡皮擦猛力擦拭闻妮妮刚刚写下的错误公式。面前的这道解方程题，他已经教了她三遍，每一遍都能做出不同的结果。

闻妮妮叹了一口气，果然，又惹郝堂生气了。她垂下脑袋，看着皱巴巴的纸张，和她的心情一样。

每一次辅导作业，闻妮妮都觉得郝堂能被她气得脑门充血，近来郝堂更是暴躁许多，就差拍桌子厉声训斥了。

吐了两口气，郝堂稍稍平复心情，见闻妮妮垂头丧气、意志消沉，又担心刚才话语过重，还是得鼓励教育。他学起了老师们常用的那一套说辞：“你可以试着想象一下，考上大学之后的人生……”

“要是我考上大学了……”闻妮妮提着一口气，眼神飘到窗外，似乎真的在憧憬某个未来。

郝堂认真地聆听着，对上她扑闪的双眸，满是真挚，引导她说下去。

听到的回答是：“我一定给你送点疏通心脑血管的补品。”

郝堂：“……”就差捂着心口，现场表演一个“原地去世”。

“那你想过吗？考上大学之后的人生。”闻妮妮对未来是有憧憬，但没有具象的画面。

像郝堂这样自律且井井有条的人，从小开始人生的每一步都规划好了，想必也早就明确了未来吧？闻妮妮也不知道自己心里为何雀跃着期待，偷偷地看郝堂，连呼吸都滞缓下来。

郝堂的拇指捏着圆珠笔，前后捻着，情绪很淡：“没有。”

许是和大多数人一样按部就班的人生。

与其说他没有认真思考过，不如说他不想去期待。

如果预设中的期待不能实现，那完全是给自己制造失望根源，反正未来总会来的。

“等我们到了那个时候，再回头看现在，会不会觉得很傻？”

“不会。”郝堂看了她一眼，毫不客气地说，“因为那时候的你，一定还是和现在一样傻。”

“你怎么知道，说不定我就功成名就了。郝堂，你有没有想过，用某些形式留住美好记忆？比方说……”闻妮妮的话顿在嗓子眼。

学生会交代的任务，闻妮妮还没胆开口，虽然不用说也知道郝堂会拒绝，可是她心里居然又有点期待郝堂能参加。然后她也努力争取个角色，就能和郝堂出现在同一个镜头下，这可是多少年之后都值得炫耀的回忆啊。

可没等她支支吾吾出什么，教室门外乐冉开始不耐烦地催促起来：“你们两个好了没有？我得回家洗漱了，明天再也不等你们一起回去了。”

乐冉的事情到底也没能有个结尾，相同的是郝堂依旧和乐冉一起上下学，不同的是，上下学的路上多了个闻妮妮。一般乐冉会在晚自习后多待一个小时看书，等郝堂帮闻妮妮补习，然后三个人结伴回家。不知是闻妮妮的震慑能力太强大还是什么，跟踪狂似乎收敛了许多，乐冉没再收到什么奇奇怪怪的照片或者礼物。

郝堂和闻妮妮抓紧时间收拾了书本，乐冉已经掩嘴打了第三个哈欠，眼神散漫地扫了闻妮妮一眼：“今天做对了几道题？”

反正错题肯定比对的多，乐冉也就直言不讳。

“好像……没有一道对的。”闻妮妮摇摇头，有点不好意思。

郝堂无奈地轻叹一口气。

“郝老师，你不行啊！”乐冉从书包里拿出两本练习册，递到闻妮妮面前，“喏，去图书馆的时候看到就顺道借来了，都是很基础的演算，很详细，有空多看看。”乐冉撇嘴，“别想太多，我是嫌你天天补习，耽误我回家睡觉的时间。”

若是之前，闻妮妮必然会觉得乐冉这是刻意嘲讽她；不过相处了几天之后，她发现乐冉其实是个刀子嘴豆腐心的女孩，对她这种总是要在示好后又要戳人几句的相处模式，也是见怪不怪。

闻妮妮大大方方地接了过来，收进书包。

“一个月后记得还书，逾期扣钱算你的。”

某种程度上，乐冉和郝堂的抠门是如出一辙。

古人说的近墨者黑，还是很有道理的。

三人回家，正好赶上最后一辆末班车，平时因为这班车运营的时间很晚，错过高峰，道路通畅，基本十分钟左右就能到家。

乐冉基本上争分夺秒，手上空闲着，耳朵里也要塞个耳机，听一听英语。

郝堂乏得很，会趁机枕着椅背眯一会儿眼睛。

唯独闻妮妮一个人，睡不着也学不进去，愣怔地盯着窗外，发一会儿呆。

这城市的夜景她总是百看不厌。

五彩缤纷的光闪着奇异的吸引力，在她眼底划过，一瞬之间她的思绪飘到很遥远的未来。

她想着自己会离开这个城市，会在另一个地方，看新的夜景。而这些朋友，是不是还会在身边？

开了一半的窗子，有风灌进来，吹得心口空荡荡的。

公交车在转弯处忽然来了个急刹车停了下来，闻妮妮听到司机师傅好像在说公交车抛锚熄火了。她看了一眼靠窗的乐冉，又回头悄悄看了一眼后座的郝堂，他们两人似乎没有察觉异常，抑或是察觉了也懒得理会。

车上的乘客寥寥无几，多半是加班回家的上班族，疲惫了一天，也懒得为车子发生什么问题而费神，依旧是休憩的休憩，打电话的打电话，各自应付着生活。

所谓成长，便是这样的疲惫吗？

这好像和老师们构造的那个毕业后的理想世界不太一样。

兜帽下传来轻轻的声音："刚才你想说的是什么？"

闻妮妮在脑海中组织了一下语言："是这样的，咱们学校想拍个宣传片，然后大家一致认为你最能代表学校形象，最适合出镜……"

奉承的话还没有说完，郝堂就用一盆"没兴趣"的冷水浇下来。

"不能考虑一下吗？说不定你就一夜成名了。"

郝堂漆黑的眸子就这么睨着她，似乎要窥见她心里的小算盘："你很希望我去？"

闻妮妮猛地点点头，见郝堂忽然舒展了眉头，看着可能有戏的样子，她更期待了，尽力用眼神传递出她的想法："你想啊，这宣传片可是代表学校参赛，还有机会能入选省级比赛。到时候你那帅气的脸，被全国观众都看到，说不定一夜成名，走上人生巅峰……"

说得越来越离谱。

郝堂直接将兜帽一盖，没有丝毫讨价还价的余地：“不去。”

突然发动的车子，让闻妮妮失去惯性，半个身子将将栽下去，她备受打击：“为什么啊？“

“我不喜欢浪费时间。”郝堂一字一顿地回答。

郝堂的一句“不喜欢浪费时间”，不仅仅是让闻妮妮吃了瘪，更让闻妮妮心底有点失望，甚至让她莫名怄气。

倒不是因为背负着学校荣誉之战的伟大情怀，也不是闻妮妮对这件事有多热衷。虽然她也觉得自己是有点无理取闹的，可就是放不下那种自尊心。

难道去做除了学习以外的事情，就是浪费时间吗？

原来她一直在做的，都是他认为浪费时间的事情啊。

闻妮妮向卢乾汇报了结果，好在卢乾也没责怪她不尽力，反而拍拍肩膀安慰了她几句。

结果是众人意料之中的。

占了上风的朱伶，哪肯放弃这样好奚落闻妮妮的机会，在茶水间直接拦下闻妮妮，冷嘲热讽起来：“郝堂没答应啊？真是可惜，我以为你的话他会听一听的。”

她的话一句赶着一句：“不过也不是很意外了。郝堂这人就是自私自利。虽然平时他看着好相处吧，真要接近还是很难的。你以为他把你当朋友，其实未必呢。”又故作安慰，“你也别太难过，正好认清自己的地位，比以后一厢情愿要好。”

要不是先前答应过郝堂，不会再以粗暴野蛮的方式解决问题，闻妮妮绝对会毫不犹豫地用手里的热水给朱伶泼个清醒。她不想与朱伶争辩，但听到郝堂被冠以“自私自利”的标签，还是愤懑地回了一句：“郝堂不是自私自利的人，你懂个屁。”

朱伶呵呵冷笑，一再挑战闻妮妮的忍耐力，在她转身离开之际，还想追上前多说两句，却撞见了站在门口的庄严和郝堂。

郝堂森冷眸光一压，朱伶浑身不自在，脸色煞白，眼睁睁地看着闻妮妮走远了。

气氛凝滞，那道锐利的视线似是将朱伶双腿都锁住，她也不敢走。

刚才的对话郝堂是不是都听到了？朱伶低着头准备绕道走。

郝堂侧眸看向她，声音在空旷的走廊里略显肃杀：“谁说我不参加的？”

看着朱伶带着一脸吃了屎般的表情逃走，庄严给郝堂出了善后的主意：“没事，回头随便找个由头推了就好。”

“不推。”

“你是认真的？”庄严还以为郝堂只是一时冲动，可从郝堂的表情里没发现玩笑的成分，“你不是最讨厌这些抛头露面的活动吗？上次有人给你钱让你出席讲两句话，你都不乐意，今天是太阳打西边出来了。”

因为朱伶说他“自私自利”？

“什么时候，两耳不闻窗外事，一心只读圣贤书的学霸郝堂也开始在乎这些风言风语了？”

郝堂扬了扬嘴角：“也许是忽然间想出名了吧。”

“你哪里来那么多时间，早上老师找你谈话了吧。我就说你天天抽出时间给闻妮妮补习，自己又回家熬夜刷题，迟早吃不消。还净给自己找事情做，嫌不够累是吧？”

庄严拍了两下郝堂的肩膀，满脸写着“好自为之”。

直到走廊上只剩下郝堂一个人，他才听到自己的声音：“不是。”

不是因为在乎风言风语，而是不希望闻妮妮觉得，他没把她当朋友。

第六章 / 薄荷糖

要是有人带着一整袋薄荷糖找你疏肝解郁，不能立马原谅，起码也得晾他个一秒吧。

——闻妮妮的《糖果手札》

得知郝堂要参加宣传片拍摄的消息时，闻妮妮正在食堂完成午餐扫尾工作，即专心致志地应付着手里的特大号油炸大鸡腿。

隔壁桌的两个女生叽叽咕咕说了好一会儿，其中一个扎着大马尾的女生忽然压着声音在喊：“快看快看，郝堂，你男神，十二点钟方向。”

这语调，和平时郑小悦调侃她一模一样。闻妮妮差点没转头问一句：“十二点钟方向是哪个方向？”

另一个女生含羞带笑地附和：“看到了，看到了。”

闻妮妮瞥了回话的女生一眼，见对方两眼都快发光了。她低头咬了一口炸鸡腿，差点没被那炸成石块的面粉磕坏牙，于是全都吐了出来。她漫不经心地转了下眼珠，瞄到郝堂从食堂门口走下阶梯的身影。

嗯，腿还是挺修长的。

那边两个女生又在叽叽喳喳：

“偷偷告诉你一个最新的内幕消息，郝堂会参加宣传片拍摄哦。”

“你怎么知道？”

“会长就是我表哥，那必须得知道啊。”

这年代，连听个消息，都要走关系了。闻妮妮实在是很想纠正她们，您家的会长大人传达有误。但是她又懒得搭腔，等会儿人家不信还挨骂不说。

卢乾的表妹已经在那边兴致勃勃地为姐妹展开构想，如何利用宣传片拍摄，和郝堂进行亲密互动。而她对面的小姐妹不知道在什么画面里驰骋，居然娇羞地捂着脸，像极了被调戏的小姑娘。

转眼间，鸡腿外面裹着的能磕坏牙的面粉，已经被剥得一干二净，里面是略带血丝的鸡肉。闻妮妮回想了一下，她平时发花痴的时候，应该没有这副智商缺陷的样子吧？

“……到时候啊，你再来一个脚滑，然后投怀送抱，不就王八看绿豆——看对了眼，最后水到渠成？”

呵呵，没用。闻妮妮舔了舔尖牙，找准肉质最肥嫩的一个部位，狠狠地咬了一口。

郝堂如果算是一王八，那也是一不沾女色的老王八。

这让闻妮妮想起某一次过马路的情形，当时她和郝堂在等红绿灯，心头小鹿叫嚣得那叫一个狂野，全身的细胞都在诱惑她找个机会捏一捏郝堂的白嫩小手。

计上心头，戏瘾说来就来。

说时迟那时快，闻妮妮娇滴滴地后退两步，肩膀瑟缩，捏着嗓子："车子好多，看着好晕好害怕。"

结果郝堂呢？他不苟言笑地回了一句："不要乱闯红灯就行了。"

"可是我从小看到速度很快的东西，就会很怕很怕。"

"那你从小就没走过马路？"

"……"

一计不成，闻妮妮只好又来一招，左腿一僵："腿抽筋，迈不开了怎么办？"

就在她巴巴地望着郝堂的手之际，身后不知哪里冒出来的小鬼，猛然挽住了她，还是以一种扶老奶奶过马路的姿势，非常礼貌地说："姐姐，我帮您。"

"不用不用。"

"您别客气，这是我应该做的。"

于是在小鬼的搀扶下，闻妮妮就这么抽搐着脚过了马路，愤愤地询问小鬼的名字，怎料到小鬼毕恭毕敬地朝她敬了一个少先队员礼，高扬着嗓音说："姐姐，不用谢，因为我的名字叫作红领巾。"

红领巾，我会永远记得你的。

听着隔壁桌的对话，权当是听说书，闻妮妮也没打算提醒两句郝堂并不参加。

两个女生终于聊得差不多了，起身端着餐盘离开。

闻妮妮看到她们餐盘里还剩下一半的饭菜，又看了一眼自己扫得精光的餐盘。

谁知盘中餐，粒粒皆辛苦。

她心里腹诽了一下，手机收到卢乾的微信消息：“闻妮妮，这次你可帮了大忙。郝堂答应参加拍摄之后，把同学们的积极性都调动起来了。”

是女同学们吧……

不对！什么叫郝堂答应参加拍摄？闻妮妮将信息反复看了两遍，确定自己没有漏字。她回了一条：“郝堂什么时候答应的？”

卢乾：“前天你和我说完之后，郝堂亲自来找我，说他慎重考虑之后，觉得你说得很有道理。”

霎时间，闻妮妮脑海里闪过一个念头，小手攀上腰际，轻轻地掐了一下。

糟糕了，最近太放肆。

前阵子她为了穿裙子，十分克制食欲，现在换回了宽松的校服，又加上训练强度加大，每天饿得恨不能把餐盘都吞下去，体重毫不留情地飙升。

胖倒是不胖，可也不算瘦了。

除了郝堂确定以外，其他角色人选依旧是难以定夺，所以卢乾干脆在学校范围内征集，鼓励大家毛遂自荐，顺便还能预热一番，调动大家参与的积极性。

对手一下子从几十个人，扩展到全校范围，闻妮妮深知自己处境艰难，目标直接从女一号，降低到能和郝堂打个照面的女N号。听说女生上镜都会偏胖，她开始有意无意地克制饮食。

哪料想到，这一“作”，直接把自己送进了医院，连个女N号都捞不着演。

事发的前一个小时，正是体育课，体育老师让大家自由活动。

1班和11班的体育课是凑在一个时间上的，这一度成为闻妮妮能光明正大偷窥郝堂的时机。以往她便会趁着这个大好机会跑到郑小悦面前，假装和郑小悦打闹几下，又偷瞄郝堂几眼。

像个心怀鬼胎的恶霸，在觊觎着别人家的小媳妇。

她一直以为这些无人参与的片段，是自己一个人的小剧场，偷着乐呵。很多年后，在郝堂一本正经的说道中，她才知道，自己早就有了第一个观众，那观众还是当事人之一。

此刻，观众正乐而忘返地观摩着她的拙劣演技。

“妮妮，我MP4里下了《举重妖精金福珠》最新一集，要不要一起看呀？”郑小悦笑眯眯地拍了拍口袋。

一个“好”字在她嘴边溜了一圈，在看到由远及近的郝堂时，她硬生生改成暴戾的反对：“好什么好，我要学习，我爱学习，学习使我快乐，生命在于学习！”

“别装了，你‘老公’演的戏，你会不看？前两天是谁抱着我哭着说南柱赫好帅的，还说要放弃旧爱，寻找新欢。”

那都是前两天，她和郝堂闹了点小情绪，气急败坏之下说的糊涂话。

“这一集里面可是超级多的游泳镜头，那肌肉，那曲线……啧啧啧……”

闻妮妮五官都快扭得抽搐了，也没能制止郑小悦兴致勃勃地推销。感觉到前方某人的眼睛慢慢盯上来，她只好手脚并用扑上前，直接将郑小悦的大嘴巴给捂上。

郑小悦：“唔……唔唔唔……”

“二倍角公式。”

“$\sin 2\alpha = 2\sin\alpha\cos\alpha$……”闻妮妮一字不漏地回答完毕，窥视着郝堂的表情。

没错啊，这公式自己背了很多遍，应该不会错的。

可是郝堂的表情这么难看。

闻妮妮的手指蓦地揪紧了衣角，提着一口气：“对……吗？”能从声音里听出心虚。

“圆周率。”

“圆周率？”闻妮妮一滞，凭着印象背道，“3.1415926……”

郑小悦在一旁瞠目结舌地摸着心脏部位：圆周率，你们玩得也太大了……

“跟我来。”郝堂朝闻妮妮勾勾手指，转身往前走，没等她。

闻妮妮想也没想，紧跟着追上去。

“嗳，夫管严？”郑小悦耸了耸肩，“可怕。”

越过操场，身后的吆喝声渐渐淡出耳膜。然后是七层台阶的教学大楼，他们一级一级地走上去，步伐一致。

郝堂走在前面，闻妮妮亦步亦趋地跟在后面，没有多余的话，像个被教导主任抓包的孩子，一颗心跳得七上八下，十分忐忑不安。

其实郝堂算不上凌厉的那种类型，大多时候他都是眼角眉梢挂着笑意，也会温和地和人打趣说话。

但就是这种特质，会让他的沉默，比任何人都来得可怕。

当闻妮妮看到堆积在他桌上一摞的试卷后，才真正见识到可怕的具体表现。她双腿一软，心里蹦出两个字：完了。

“作为答对的奖励，三天之内做完。”

闻妮妮不可置信地用手指比画了一下试卷的厚度，咽了咽口水：“这……会不会太多了？”

“这些试卷我半天全都搞定。”

闻妮妮：“……”当我没问吧。

坐下，她认命地开始刷试卷。

“第一道题，已知集合 M 等于……”

郝堂卷着书本敲了两下桌面，闻妮妮才想起来郝堂为这事教育过她好几次了。

即使是练习的时候也不能读出声，要养成好习惯。

闻妮妮知道啊，可是不读出声的话，郝堂这么一个大活人站在旁边，还是对着这么一张高配版精致的脸，谁能专注得了？

“你……能不能坐远点？”闻妮妮见郝堂蹙眉，慌忙胡诌，“你、你……你挡着我的灵感了。”

郝堂：“……”

还是听话地挪了两个位置。

可能是经历过郝堂的魔鬼训练，她做起卷子来还挺得心应手，但脑力消耗过大，有点乏力。她顺手摸进口袋，发现里面空空如也。她一拍大腿，终于想起来，换了运动服，糖果都在另一件衣服里面。

抬头看了一眼郝堂，她想了想又忍了下去。

刷完这套卷子再说吧。

她低头继续写，手臂却不听使唤，阵阵酸麻感袭来，手里的笔滑了出去。她低头要捡，随着一个弯腰的动作，感觉背上有千斤重的物体，将她整个人沉沉地压下去。

她抬头想喊一声，视线像是笼着一层网纱，只能隐约捕捉到那个背影。

郝堂……

她也不知道自己到底有没有喊出声音。

郝堂是听到那一声椅子磕在地面的声响才回过神，回头时，闻妮妮已经倒在地上。

“闻妮妮！”

很长的一个梦。

各式各样的陌生面孔，围着她打转，和她说话。

说的什么内容，她一点也听不清，仿佛被上百只蚊子追着，嗡嗡嗡闹腾个没完没了。

“唔……吵死了……”闻妮妮翻了个身，缓缓睁开眼睛，有点不满地哼出声。

“妮妮啊，你醒了，你可算是醒了。老闻啊，快过来，咱们妮妮醒了。

“快去叫护士！快点，快点！”

在这一番惊天动地的呼叫声中，闻妮妮很想捂上耳朵再睡个回笼觉，就见老闻连拉带拽着一个护士，差点没刹车失灵摔到她身上。

“生命体征平稳，你们可以放心。”护士幽幽地扔下这一句，迅速逃离病房，八成是见识到老闻同志的粗暴。

“真的没事吗？怎么都不说话？”

闻妮妮实在懒得说话，老闻同志在她眼前挥了挥手。

避免那可怜的护士第二次被抓回来，她不得不回应点什么：“爸妈，我没事。”

只是身体还有点虚，怎么都提不起劲儿来，肯定是没休息好。她掩嘴打了个哈欠，很想钻进被窝里再睡会儿。

闻妈妈似乎不打算这么快放过闻妮妮，看着她那副无关紧要的样子，心急得眼泪啪嗒一下落下来：“你可真的是要吓死你妈啊。你知道自己有低血糖，还不注意身体，我不是让你感觉有点不舒服就吃一颗糖的吗？”

是啊，她有低血糖。

一种离不开糖果的病。

“我吃完了……我下次不会忘记了，爸妈你们放心。”闻妮妮心里有点闷闷的，倒不是因为心有余悸，只是看到爸爸妈妈为了她遭受这么大一场心理煎熬，心里滋生出了一点歉疚。

“以后身上都得带着糖，知不知道？”

“知道了。”闻妮妮点点头，余光被门外的一道背影锁住，但只仓促地瞥了一眼，背影便消失不见了。

“妮妮啊，妈妈知道你着急着提高学习成绩，可也不能不顾着身体啊，学习也不是一蹴而就的……”

嗯？这里面是不是有什么误会……

“孩子，你真要有个好歹，让爸爸妈妈可怎么活？读书不好不要紧，身体健康第一位啊。”

“姐，真读不好就别读了，以后大不了……我养你呗。”闻妮妮这才注意到坐在窗边的闻铭，虽然依旧是改不了的一脸嫌弃，可看得出来，他也在担心她。

这误会有点大了……

闻妮妮完全没搞明白这是什么情况，她记得晕倒前的几分钟，正和郝堂在做题，当时有点想吃糖了，可是一摸口袋居然发现没有了。她本想忍耐几分钟等到郝堂讲完那道题，然后伺机溜出门找糖，结果意识支撑住了，身体没支撑住，忽然一下子摔到地上，这一摔直接不省人事，进了医院。

她并未能从爸爸妈妈的叙述中得到更多的信息，只知道他们赶来医院的时候，自己已经被送进急救室。医务人员轮番上阵，上演了一场惊心动魄的生死时速之战。

闻妮妮嗫嚅着，尽量让自己的问话显得不那么刻意："爸妈，你们有没有看到那位送我来医院的同学？"

"没有啊，是同学送你来的医院吗？可得好好感谢一下人家，这可是救命之恩啊。"闻妈妈说道。

"回头你出院了，咱们请人家吃顿饭。"老闻附和。

"是啊，救命之恩。"闻妮妮在嘴里暗暗地嚼了两下。

这救命之恩，怎么能用一顿简单的饭就答谢呢……闻妮妮嘴角微扬，心里暗自揣度着，也不知道送她上救护车的时候，郝堂有没有公主抱。

在医院度过了烦闷无聊的两天，身体逐渐恢复，可闻妮妮是哪里也去不了，因为爸爸妈妈轮番上阵看守。好不容易两人都走了，闻铭总会在，虽然他大多时候是像个木头人一样坐在隔壁床玩魔方。

精神振作了些，闻妮妮便坐不住，平日里活蹦乱跳的一个人，被活生生困在这小地方，真是比死还难受。她偷偷拿起手机询问郑小悦学校的情况，七弯八拐之后，被郑小悦一语道破目的。

“你是想问郝堂怎么样了吧？”

郑小悦这死家伙，还……挺懂事儿。

被拆穿了，闻妮妮索性也不掩饰了：“那他这几天怎么样了？是不是很忙啊？”

“不忙啊。”郑小悦强忍着笑意，“我看他还有时间去放松打球呢。”

有打球的时间，却不能来医院看一下她吗？闻妮妮心底涌起一阵失落感，有些自欺欺人地说：“郝堂他是不是不知道我住院？你告诉他我住院的病房了吗？”

“拜托，给你打急救电话的就是郝堂。”

“哦——”就算他忙得没空来看一看自己，难道就不能委婉地来个电话，或者让郑小悦代为转达一下关心？

算了吧，他根本就不关心这些事儿。

感觉到闻妮妮的情绪已经落到谷低，郑小悦这才说起：“你都不知道，你那天晕倒了，郝堂抱着你一路跑到学校门口等救护车，不带喘一口气的。他一路怒吼着‘让开’，可把路边的同学们都吓坏了，都说没见过郝堂那么紧张的样子……”

闻妮妮听得心花怒放，可嘴角含蓄地抿着笑：“是、是吗……

你是不是太夸张了……”

“让开，你们都给我快让开。”郑小悦粗着嗓子，模拟着男人的声音，努力还原现场，“我亲爱的妮妮，你一定不能有事，你要是有个万一，我可怎么活啊……呜呜呜。”

“你学得不像，郝堂声音没这么粗。”他的声音虽然低沉，但很温柔，富有磁性。闻妮妮清了清嗓子，“咳咳……应该是这样——”

郑小悦“嘁”了一声，抬头撞见当事人，哑然失声。

电话里传来闻妮妮的声音，有几乎要溢出的喜悦：“你快给我说说，他是用什么姿势抱我的？是公主抱吗？”

“这……”郑小悦咂舌，面前就站着当事人，你不介意的话自己问问他？

“哦对了，你给我交了报名表没有？可别耽误我的事儿了。要不然我这医院可就是白进了一遭……”

“妮妮……”你还是别说了吧。

“怎么了，你不会搞砸了吧？我这不是白饿了那么多天，你可得为我争取一个名额啊……女N号也行的，回头我请你吃饭……”

“行……”郑小悦在郝堂冷峻的目光示意下，咬了咬唇，“那就先不聊了，我要去上课了……拜拜。”

闻妮妮你完蛋了。

郑小悦这人从来都是心直口快，在别人面前也没有什么屃的时候，可眼下面对着不怒自威的郝堂，她还是发自心底地感受到一股冷意：“那个……郝堂……你别误会妮妮，她就是……就是……”

“就是什么？”郝堂眯起眼睛打量着郑小悦，“她为了参加宣传片拍摄，不吃饭减肥？”

不惜闹得低血糖，险些丢了一命。

闻妮妮就这么轻贱自己的生命？

郝堂喉咙里发出一声冷笑，亏他内疚自责，认为都是自己没有注意到闻妮妮不对劲之处，以为是自己逼着闻妮妮学习过度才劳累晕倒。

郑小悦试图帮闻妮妮辩解：“你别误会妮妮了，她也是想和你一起参加拍摄啊。”可是看郝堂的表情，显然是没什么作用了。

郝堂倨傲的眼神落在郑小悦身上，低头看了一眼她手里的报名表，那正是闻妮妮让她送去的。

他伸手要拿，郑小悦后退一步，紧捏着不放，但片刻后就在他的逼视下就范，乖乖地松了手，五官都快扭到一块儿：“你可别和妮妮说是我给你的。”

报名表落到郝堂手里，不消十秒钟就碎成七八张，被扔进垃圾桶。

郑小悦仿佛看到了自己的下场。她细细琢磨着郝堂的表情，怎么看怎么像是生气了。根据这个形势，还是不能硬来。她寻思，回头再去拿一张好了。

想法才刚成型，就被郝堂喊住："如果你帮闻妮妮报名的话，以后就抄不到任何作业。"

郑小悦才不稀罕呢，不给她抄作业，那让闻妮妮帮她抄。

"闻妮妮要是知道这些都是你告诉我的，还能给你抄作业吗？"

郑小悦：这下走投无路了。

窗外的树梢，不知什么时候已经染了满眼的绿意。从第一声蝉鸣开始，耳边就络绎不绝地响起鸣叫，窸窸窣窣萦绕在耳际，鼓噪得很。

郝堂房间的窗格，正对着大街，隔音效果不好，甚至能听到来来往往行人交谈的声音。他烦闷地抓了抓脑袋，终于合上书本，离开房间。

他去了一趟自家的糖果店。

当妈妈看到一贯都闷在家里的郝堂，居然有闲情逸致在如此燥热的天气跑到店里视察的时候，她脸上露出了诧异的神情。要是她看见这个从来不吃糖的儿子，还破天荒地偷偷兜走了两大袋糖果，她一定会惊得下巴贴地。

郝堂骑着单车，逃也似的离开店铺，一路穿过茫茫人群，进入医院电梯才惊觉自己出了一身汗。

电梯直达五楼，他直奔 5012 病房。书包里的糖果按说分量也不重，可背着沉甸甸的，隐约间还会砰砰作响，伴着他不均匀的呼吸声。

门开着，一眼就看到抱着枕头入眠的闻妮妮。

这么热的天气，被子倒是捂得很严实。郝堂看着，只觉后背都要闷出细汗。

正在专心致志捣鼓魔方的闻铭，察觉到门口的异样，抬头看见郝堂，流露出兴奋。因为郝堂的智商高，闻铭很喜欢这位大哥哥，甚至还在心里偷偷许愿，希望能把自家的笨蛋姐姐换成郝堂哥哥。

郝堂朝着闻铭做了个噤声的手势，轻手轻脚地进门，搬了一张凳子坐在闻铭旁边。

闻铭将手里拼凑出三个立面的魔方递给郝堂，只见魔方在郝堂灵巧的手里不停转动，仿佛被施了魔力，不到一分钟时间就还原了。一想到这魔方，上次闻妮妮捣鼓了整整三个小时都只拼出两面，他由衷地发出感慨，人与人之间的差距可真是太大了。

看了一眼自家智商堪忧的姐姐，还浑然不觉地呼呼大睡，闻铭扶额，他攥紧手里的魔方，让郝堂帮忙照看一下姐姐便一溜烟儿下床，出了病房。

魔方是一位医生哥哥给闻铭的，当时闻铭跑去问医生姐姐什么时候能出院，医生以为是小朋友待着乏闷，于是给他带了个魔方解解闷。闻铭以为拼好了魔方，姐姐就能出院。要不是闻妮妮一天到晚吵吵嚷嚷着要出院，他才不会那么无聊呢。

唉，谁让他是个男子汉呢？男子汉就要照顾女孩子的。闻铭叹了一口气，深感自己肩负着重大责任。

闻妮妮不过是想睡个午觉，怎知道这一觉睡得死沉，任她怎么挣扎都醒不过来。直到喉咙干渴难耐，逼得她不得不睁开眼睛。

太渴了……

“闻铭，有水吗？”她踢开被子，感觉到一股凉意袭来，重获新生的感觉。

“闻铭……”

喊了两声，不见回应，闻妮妮只好支着身子坐起来，转头看向隔壁空床位，落入视线里的是窗边那个高高瘦瘦的人影。他双手抄在裤兜里，流畅的腰身，交叠的长腿，随意一站的姿势都能定格成剪影海报。

郝……堂？

闻妮妮用力地眨了一下惺忪的睡眼，郝堂的出现，让她有点喜出望外：“你是郝堂吗？你怎么会在这里啊……”下意识地拢了拢耳后的碎发。

话一出口，闻妮妮才意识到自己睡糊涂了，来这里还能为什么，当然是过来“关心”自己的。闻妮妮扬起嘴角，煞白的小脸蛋儿渐渐恢复了点血色。

郝堂显然是听到她的话了，可他一言未发地倚在窗边，甚至连个转头动作也没有，故意不搭理人。

在闻妮妮放弃寻求帮助，准备自己下床倒水时，郝堂总算不紧不慢地转过来，脸色阴沉：“他刚刚说出去透透气。”

说的是闻铭。

“哦。”闻妮妮小心翼翼地点头，大着胆子撒娇，“你能不能……帮我倒杯水啊？”

郝堂似有若无地轻哼了一声，也不知是答应还是拒绝，片刻后总算挪了挪身子，移步走到床头柜边，从最下面拿出热水瓶，闷声给她倒了白开水。

温度透过塑料杯很快传递到指腹，他皱了皱眉头，没想到这么烫。

闻妮妮浑然不觉，伸手要接水杯，被郝堂挡开，水杯直接被他放在旁边桌上，她又伸手去拿，听到郝堂冷然的警告：“还想再得个食道癌？”

那一张阴沉沉的脸，逼得闻妮妮将手缩回来。

她实在是口渴啊，就是舌头沾一下水也好。

她忍不住又看了两眼那杯水，再偷偷瞄了一眼死气沉沉的郝堂，最后还是选择咽了咽口水。

房间里的气压很低。

闻妮妮在心里腹诽，要是心情不佳就别来探病，会把病人吓坏的。

等了一分钟，喉咙干渴难耐，她可怜巴巴地向郝堂投去求助的眼神：“其实我不太怕烫的……”

就在闻妮妮的手第二次够到水杯之前，又被郝堂拦路截走，这次他是直接端着水杯走进洗手间去了。

搞了半天，不让她喝水就直接说，有这么虐待病患的吗？

看来自己的水还是得自己倒啊。

闻妮妮费了好大劲儿给自己倒了杯水，一捏水杯，烫得她险些要扔下了，小手赶紧捏着耳朵降温。

郝堂稳稳地端着水从洗手间走出来，抬眼看见闻妮妮弯着眼眸，两只手揪着耳朵，真像那个……他在脑海里略一回忆，是妹妹经常看的那部动画片。

对了，是大耳朵图图。

他终于想起来，又看了一眼那对不知是被光照的，还是被拉扯变红的耳朵，越看越有趣。但在意识到闻妮妮要抬头的前一秒，他不着痕迹地收回视线："喝这个。"

杯中的水微微荡着，盘在杯沿上的水珠晶莹剔透。闻妮妮的视线顺着那杯水落到那骨节分明的手上，像个孩子般撒娇，朝他伸出双臂。

Come on！ Baby！

郝堂手背被蹭得一阵酥痒，见她精神看起来不太正常："你到底喝不喝，不喝我倒了。"

"喝喝喝。"闻妮妮顺便又摸了一下郝堂的手背，这皮肤真是润滑，差点都忘记自己还口渴这档子事了。双手捧过水杯，杯壁湿漉漉的，摸起来是温的，她哪管得了那么多，仰头咕噜咕噜几口就喝个精光。

唇瓣沾了水，盈润了许多。

郝堂无意识地跟着她抿了抿唇：“你就不怕这水是洗手间里倒来的？”

闻妮妮将空杯子递给郝堂，眼里盛满了软软的笑意：“你倒的水就算是掺了毒我也喝。”

“放心，我不会下毒。”郝堂勾唇，“我都懒得浪费毒药。”

“郝堂，没想到你不仅学习厉害，说话也那么厉害，我都不知道怎么反驳你了。”闻妮妮毫不在意地笑着，双手合十做祈求状，“那你……再帮我倒一杯，不，两杯！”

“你上辈子是渴死的吗？”

“主要是您亲自倒的水特别好喝，比农夫山泉还甜。”这话倒也不假，闻妮妮就觉得郝堂为她倒的水是天下独一无二的，郝堂做什么，都是无人能比的。

小丫头片子，学习成绩不行，哄人的话倒是一溜一溜的。郝堂转过脸，眸子隐隐染了笑意：“没想到你这么喜欢喝马桶的水。”

“噗——”

连着喝了三杯水，闻妮妮有一种枯木逢春的感觉，夸张地伸了个懒腰。

也不知是空调温度调得太低，还是房间里某人的气压太低，闻妮妮觉得有点冷，手臂上起了一层细细密密的鸡皮疙瘩。

窗外是明艳的日光，看起来很暖，令人很想打开窗户钻出去感受一下。

“你心情不好啊？”闻妮妮玩着手指，试探性地问。

不是不好，是很不好，玩命减肥的账都还没和你算呢。看在闻妮妮还病着的份上，郝堂紧抿着唇，不想与她多做交流。

闻妮妮转了个方向，对着床头的墙面，盘着双腿，上身笔挺，呈现打坐的姿态。

这动作终于引起了郝堂的好奇：“你在干什么？”

“面壁思过。”闻妮妮噘着嘴，“反省一下我怎么惹您生气了。”

“我没生气。”

闻妮妮侧头看了一眼郝堂那张面无表情的脸，这不是“生气”，这是“非常生气”，但是想破脑袋她也不明白，自己是怎么把极少生气的好好先生惹到这个份上的。

“你肯定是生气了。你怎么和女生一样，动不动就生气，难不成你……提早进入更年期了？”她曾看过一篇研究报告，说男人也有更年期来着。

郝堂沉沉地吐了一口气，脑门的青筋若隐若现：“闻妮妮，你这次顺便再做个脑部 CT 吧。”

闻妮妮一拍手掌，恍然大悟：“是我晕倒之前做的那道函数题，又算错了吗？”

“我走了。”郝堂按了按太阳穴，怕再待下去他也得住院。

他单手钩起书包起身，走了两步，才想起来还有件重要的事情没做。他迟疑了一下，还是从包里掏出两包糖果，往后一甩，精准地砸在闻妮妮身上："以后想吃糖，随时随地吃，不需要在我面前隐瞒。"

早知道她患有低血糖的话，他就不会陪着她演戏了。

回想起当时闻妮妮忽然晕倒在地的场景，他现在都害怕得浑身战栗。在急救室的时候，看着那么多人一拥而上围着她，听到医生急切的呼叫，再到得知她患有低血糖，听到那一句"再晚来几分钟就死了"的话，他大脑"嗡"的一声炸开。

"死"这个字眼有多恐怖啊。他以前从未觉得，或者说没有感受得那样深刻，因为那些都是与已无关的人。可闻妮妮，不知不觉之间，在他生命里占据了一部分，是他自己都不能明白的有多重要的一部分。

他坐在急诊大厅里，望着来来往往的人，等到闻妮妮的爸妈哭天抢地地冲进来。他什么都做不了，只能祈祷着。

以前他从来不相信神灵，可就在那一刻，他迫切地希望这个世界是有神灵的存在，可以听到他的祈祷，可以救一救病床上的女孩。

回想起这一些，郝堂心有余悸，心口窒闷到无法呼吸。他生气闻妮妮为了参加宣传片拍摄不顾自己生命安全减肥，也生气自己没有早一点察觉到闻妮妮的状态。

可死里逃生的闻妮妮哪里看得到这一些，她一副没心没肺的样子，心思全在那堆糖果上了。

糖果从塑料袋里蹦开，散落一床的绿色，在白色被单上宛如盛放的烟火。闻妮妮抓起又放下，两眼闪光，心头的抽痛转瞬即逝，涌上欣喜的情绪：“你特地为我买的？”

疑问并不需要郝堂解答，闻妮妮已经自己给出回应——肯定是特地买的。她心花怒放。

郝堂没有否认也没有承认，但听到她雀跃的声音，对于自己的成功讨好，心里还是有些莫名的开心。

“谢谢你啊……”闻妮妮声音呜咽着，同时还有吞咽口水的声音，看来是迫不及待咬了颗糖果进口中，“不过我有个不太成熟的小建议，就是下次能不能别都买一种薄荷糖？”

郝堂皱眉，回头看了一眼。

该死的，原来他拿的全是……薄荷糖吗？

当时他太慌乱，做贼心虚，怕被妈妈看见又要取笑，匆忙间随手抓了面前的糖果扔进口袋。

这可是他第二次主动给女孩子送东西，居然又搞了一个乌龙。郝堂是个心高气傲的男生，尽管他知道闻妮妮不是嫌弃薄荷糖，但面子上有点挂不住，也不知道该回答些什么，只好回了一句：“嫌弃的话扔掉就好了。”

“不不不。”她哪里嫌弃，开心都来不及了。说着为了证明自己的喜欢，她又剥了一颗塞进嘴巴，霎时间感觉一股凉意从口腔、鼻腔冲上天灵盖，声音更加含混不清，“我保证会把这些薄荷糖都吃完的。”虽然可能花的时间会比较久了。

郝堂抬步走出病房，眼底晃进光：“随你的便。”

郝堂离开没两分钟，郑小悦和庄严出现了，镶着一张同款专用八卦脸。

哦，一同出现的还有那个说要出去透透气的弟弟。闻铭是在回病房的半路上，被郑小悦、庄严拦截下来的。

“妮妮，你怎么样了？好点了没？”郑小悦抱了一个铝制保温杯，“你快趁热喝了，这是我妈炖的鸽子汤，喝完马上满血复活。”

盖子一打开，热腾腾的香气溢满屋子。郑小悦正要给闻妮妮盛满一大碗，被闻妮妮拦下：“我喝不下了。”

刚才她一口气喝了三杯水，全在肚子里蓄着。

“哦？是白开水灌得太饱，还是糖果吃得太多了？”郑小悦说话酸得很，眼疾手快地拉开抽屉，“我说这屋子里怎么都是甜甜的味道。”

闻妮妮将郑小悦的手打了回去，然后关好抽屉。庄严在一旁不怀好意地咯咯笑，闻铭还是一副藐视众生的表情，低头抓着他的魔方摆弄。

闻妮妮本来还在思忖庄严这厮什么时候和郑小悦混到一块儿去的，听完郑小悦的话才反应过来：“哦，你们刚才不会在门外偷听吧？“

难怪郝堂前脚才走，这几个家伙后脚就来了。

闻铭看了郑小悦一眼，还在不满刚才回病房时忽然被她拦截下来的事情。

“这哪能算是偷听啊，我们这是识时务者为俊杰。”郑小悦大手一挥，没轻没重地打在庄严胸口，“是不是这么说的啊？”

庄严娇羞地捂着胸口，像个小姑娘：“这光天化日的……就这么吃人豆腐。”

“我去你的呀。”郑小悦一掌拍在他脑门上，直接将他推到地上。

庄严和郑小悦这边嘻嘻哈哈正闹得欢脱，门口走进来一对父子，走在前面的是一个中年男子，发际线有点高。男生跟在后面，不知是否是光线的原因，皮肤看起来特别黝黑，戴着黑框眼镜，高高瘦瘦的，一副营养不良的模样。男生肩膀紧缩着，整个人有一种难以言说的不协调。

几人目光碰撞，也没多做交流。

闻妮妮继续说：“小悦，宣传片拍摄有没有消息，时间定了吗？也不知道能不能赶上宣传片的拍摄了。”医生交代，她至少得住院观察一周。她有气无力地靠在枕头上，望着天花板，心里懊悔着就不该作死。

要是爸妈知道她是因为减肥才引发低血糖，还不得把她生吞活剥？

“你就死心吧，你就算能出院也……参加不了。”郑小悦捂着嘴，意识到自己说漏了嘴。

“为什么？”

“报名表被郝堂给撕了。”

“撕了？”闻妮妮从床上跳起来，察觉到门口进来的一个陌生人，赶忙恢复镇定，压低声音问郑小悦，“郝堂他怎么就给我撕了呢？”

“就那么几下，”郑小悦做了个撕开的动作，“就撕了呗。”边说边躲避闻妮妮追来的视线，她可不敢说，郝堂还知道闻妮妮减肥的事情。

“对了庄严，你不是还帮人带了东西给妮妮吗？”郑小悦推了庄严一下，求生欲让她慌忙转移话题。

庄严出发前，遇到了乐冉，东西是乐冉让他带来的。

“乐冉说没时间过来看你，特意让我给你带了一本书，说是你无聊的时候可以解解闷。”庄严从包里掏出一本小本子，感觉旁边的男生扫了自己一眼，准确来说，是扫了自己手上的这本书一眼。

“《唐诗宋词三百首》……”闻妮妮瞅了一眼封面，抱着脑袋，“果然学霸们解闷的方式都是别出心裁的。”

郑小悦和庄严待了一会儿就离开了。闻妮妮翻着乐冉送的书，给乐冉打了一通电话，感谢她的“好意”。

挂了电话，她转头撞上隔壁床男生的视线，男生似乎没料到闻妮妮会转头，愣怔了两秒才慌张无措地侧头。

“嗳……”闻妮妮用手指点了点男生，“你是……”

男生将头埋得极低，心口怦怦乱跳，唯恐会被闻妮妮发现什么似的。

“你也是德郡高中的吗？我看你穿的是我们学校的校服。”

“啊……是、是的。”

“你是高几的？我高二，不对，马上就高三了。我叫闻妮妮。”闻妮妮本来想寒暄一句“有幸认识”，但一想到两人在病房里呢，真是有缘啊。

男生淡淡地“嗯”了一声，似乎是为了避免闻妮妮再和他多说一句，他立即将视线侧向窗外。

“嗯”是什么意思？闻妮妮自动关闭话匣子，将桌上的那一大盅鸽子汤舀了满满一大碗，招呼闻铭过来一起吃。

吃了一会儿，总觉得男生的目光似有若无地飘到自己身上，闻妮妮趁其不备猛一抬头，果然抓住了对方的视线。

人赃俱获。

闻妮妮咬了咬唇，看着保温杯里还剩半碗鸽子汤：“你要喝的话，拿个碗过来。”

男生本来窘迫的神情，在一瞬间化为愣怔，然后又是猛然摇头。

不想喝鸽子汤啊，那老盯着她看什么？

后来护士过来检查，喊到名字的时候，闻妮妮才知道男生叫郭亦城，也得了低血糖。因为房源紧张，不得已被暂时安排到闻妮妮的病房混住一晚，第二天一早就换到了隔壁病房。

看他困倦的熊猫眼，这一晚似乎睡得很不安稳。

第二次遇到郭亦城，是在两天之后。

闻妮妮烦闷无聊，溜出病房到医院的小公园散步，正是春光浪漫好时节，繁花似锦。她一路轻哼着小曲，忽然听到“咔嚓”一声，循声而去，看见相机移开之后的那张脸略带着焦虑。

郭亦城？

不知道为什么，闻妮妮总觉得郭亦城每次看到自己都特别……紧张？

两人视线碰撞，郭亦城转头欲往另外一个方向跑。

好家伙……敢情他不是想喝鸽子汤，是想吃天鹅肉呢？居然对自己一见钟情了？还一路跟踪偷拍到这里？

闻妮妮三两步追上前，在郭亦城还未有防备前，一把夺过他的相机，急速地跑起来，很快就将郭亦城甩开。

相机里确实有她的照片，但很模糊，融合在建筑背景之中，几乎是可以忽略不计的存在，不是本人还真的认不出来。其余的都是些花花草草，也有建筑，拍得倒是挺好看，颜色鲜嫩却不艳丽。

“这……”闻妮妮瞪大双眼，视线定在相片里某张熟悉面孔上，瞳孔随着图片的放大渐渐缩小。

她居然在郭亦城的相机里发现了乐冉？

一张、两张、三张……数不清有多少张。

直到闻妮妮翻到了几张甚是眼熟的照片，才猛然想起之前乐冉收到过的照片，不就是出自这里吗？

“所以说……郭亦城就是那个极品跟踪狂？”闻妮妮倒吸一口冷气，这下子郭亦城的种种表现，她都能理解了。他一定是认出了她，但又不敢确定她是不是认出他。

这真是踏破铁鞋无觅处，得来全不费工夫，闻妮妮立即从口袋摸出手机，拨出郝堂的号码。电话响过两声无人接听，到第三声时才跳出通话计时页面。

“喂……郝堂，我……”

声音戛然而止，手机转瞬之间被人夺走，头顶笼下一片阴影，随之而来的是沉重的压迫感，她听到自己心脏跳得厉害，话语哽在嗓子眼。

郭亦城！

她脑海里瞬间闪过一个应时应景的词语——

杀人灭口。

第七章 / 泡泡糖

泡泡糖能让我吹泡泡，你能让我吹牛。

——闻妮妮的《糖果手札》

小公园是医院新造的，阳光透过奶白色的景观棚在地面打上不大的三角形阴影，欧式深棕色长椅镀着釉质而油光发亮，蔚蓝色的塑胶跑道旁边，栽种着低矮的紫色小花，所有构图背景都很美，只是——

“阳光太强了，拍起来曝光过度不好看。”郭亦城端着相机，看着刚拍下的几张照片，在心里吐槽，这些姿势敢不敢再俗套做作一点？

他摇摇头，和还在摆弄游客姿势的闻妮妮商量着：“要不我们改天再拍吧？”

“不行！机不可失，时不再来。下次要再逮到你可就太难了。

我可警告你啊，要是你拍不出乐冉那种级别的，我就把你的秘密给揭发出去。”闻妮妮扬起下巴，嘚瑟地左右摇晃着脑袋，“你摔坏了我手机，还差点把我吓出心脏病，就让你帮忙拍张照，多划算的买卖。”

回头她就可以拿着好看的照片找郝堂一雪前耻。

这“耻”指的是上次郝堂在黑暗中用手机给她拍下的不人不鬼的照片。

郭亦城叹了口气，认命地举起相机对焦，朝闻妮妮比了比手势：“你往左边一点，对……太过去了，脸转过来点……不是这边……”

急促的脚步声在塑胶的阻力下败下阵来，少年神色微微一凛，心也跟着不远处的一幕而黯淡，唯有胸膛的起伏让他看起来不像是个静止画面。

嘁，他居然还能傻到以为闻妮妮是被什么不法分子绑架了。

看到闻妮妮安然无恙，郝堂一颗悬着的心终于落下来，可看到她和别的男孩嘻嘻哈哈地玩闹，他的心里不知怎的有些失落感。

接到闻妮妮打来的那通短暂到只有两秒的电话后，他做出了一个令他自己都无法相信的举动。

他当着正在上课的全班同学的面，无视班主任的疑问，逃出了教室。

人生中的第一次逃课，他不管不顾地跑到这里，火急火燎地将医院翻了一遍，要找的人却在没心没肺地玩闹。怎么说都应该是生气的，甚至是被愚弄的愤怒。

可是郝堂很确定，他心底的情绪是失落，而不是生气。

是酸酸的味道。

在闻妮妮的“严刑拷打”之下，郭亦城老实交代了一切。

追溯到他跟踪乐冉的源头，也算是一段令人唏嘘不已的漫长暗恋。

郭亦城在小学六年级遇见了乐冉，当时的乐冉就是一个学习好、气质好的学生，脾气还比这会儿温柔得多，一般的男生哪能抵挡得住这种魅力，路过乐冉班级，都会忍不住往她座位瞟上两眼再心满意足地离开。或者等着她走出来，男生们排成长队，如同等待入选的秀女，还自我感觉良好地吹着口哨。

闻妮妮暗自思忖，这种猥琐的暗恋行径，果然不论男女都是一样的。

可乐冉哪里会瞧得上这些人，或者说，乐冉眼里除了学习就压根容不下任何东西。对于男生们的无理行为，她每每都投以厌恶的眼神。她愿意搭理说上两句话的，都是成绩好的学生，交流的也都是学习问题。

郭亦城不像那些明目张胆的男生，他长相不出众，个子又不高挑，属于那种扔在街上一下子就被淹没的人，甚至还有点黑，也没有什么特长，性格沉闷内敛，胆子极小，连上课被老师喊起来背诵两句都浑身哆嗦，更不用说做出走到乐冉旁边打个招呼什么的胆大行为。

好在郭亦城有点自知之明，一般都是保持了一百米开外的距离，远远地偷看乐冉一眼，就那么短暂的一眼，仿佛人生都圆满了。

对于这种心情，闻妮妮完全感同身受，没有与郝堂真正接触时，她也是抱着远远看一眼的心情。

不过后来看着看着，就容易上瘾，想和他说几句话，说着说着又上瘾，又冒出更多的想法……

现在想来可真是玛丽苏式的卑微。

闻妮妮忍不住说出自己的感受。

“你……能不能先等我说完再评论？”

“对不起啊大兄弟，我真是太理解你的心情了。”闻妮妮收了嘴，听郭亦城说了后来的故事。

后来的他们，依旧是两条没有交集的平行线。

乐冉以优异的成绩顺利地考上市区最好的初中，又顺理成章地上了最好的高中。郭亦城则默默地跟着她的脚步努力，一路过关斩将，以九死一生的成绩苟延残喘地挤进乐冉所在的高中，维持着他不多不少的五米之遥。

“我真的没想打扰乐冉的生活的……只是那天我看她很不开心，我想安慰安慰她，可是我又不敢。这才想到用那些照片告诉她，她有多好、多优秀……希望她能够重新振作起来。”

在他心目中，乐冉的每一个瞬间都美好盛放着，未来也必将是这样。

闻妮妮看着郭亦城，终于明白郑小悦时常调侃自己的那一句“眼屎都发亮”的粗鄙形容。郭亦城在提到乐冉时，就是这样的，满心满眼都是溢出来的崇拜。

可是他不敢，什么都不敢做。

他只敢在背后为她花一整晚时间找回丢失的钥匙串，敢为她跑遍书店找到快断货的《新华字典》，敢为她堆雪人、偷偷递伞、让出最后一碗炸酱面……

漫长的岁月里，他一个人靠做这些微不足道的小事支撑着，却连走上前说一句“同学，你好”的勇气都没有。

听到这里，闻妮妮扼腕叹息，差点没抱着郭亦城的胳膊哭一哭：“兄弟，你是不是上辈子造的孽比我还多，这辈子才混得这么惨。”

郭亦城苦涩地扯了扯嘴角：“这些事情，你一定要替我保密。”

“你真打算什么都不告诉乐冉吗？”

“不打算。”郭亦城坚决点头，他从未想过闯入乐冉的生命里，他只想安安静静地陪伴着乐冉度过一段时光，“我学习成绩太差了，高考之后，肯定也考不到她的学校……”

那之后，应该再也不会有交集了吧？

她的人生会越发灿烂，而他呢？未来在哪里都不知道。

这究竟是什么烂俗又绝世的苦情戏码。

“我决定了！”闻妮妮同情心泛滥，一拍大腿，当机立断地拉着郭亦城往外走，“我一定要帮你圆梦。”

闻妮妮所谓的圆梦，是去“一颗好糖”许愿，就像当初她那样。

说不定所有的美好，都能从这里开始。

郭亦城一脸的不相信和不情愿，闻妮妮现身说法，也掏出了自己心里那个关于郝堂的小秘密。怎料迎来的却是郭亦城平淡的神色，她期待了好一会儿，他也没有什么其他表情。

闻妮妮实在按捺不住：“你怎么一点也不诧异？”

“这有什么诧异的？我早知道了。”郭亦城坦然地回答，眉梢得意地微挑。

闻妮妮反思：“有这么明显吗？”她不是一直都很含蓄，除了郑小悦，不可能有第二个人知道了。

郭亦城嘴角勾起，闷闷地笑：“路人都看得出来。”每次他看见郝堂的时候，闻妮妮必然会屁颠屁颠地跟在郝堂身边，那狗腿子的模样……

“那郝堂会不会发现什么端倪啊？”闻妮妮顿觉不妙，脸色一变，还在强行自我安慰，“不可能不可能，郝堂他怎么可能看得出来，他和乐冉一样，眼里也只有学习。”

“那倒未必。”郭亦城嘀咕了一句。

闻妮妮先一步走进糖果店，径直朝着糖果树走去，依稀听到郭亦城念了一句什么，她回头看他：“你说什么？”

郭亦城懒得重复，仰头看着糖果树下悬挂着的盛满心愿的糖果纸，其中有一张糖果纸极为别致，是用演算纸包着的。

他一时好奇，伸手摘了下来，摊开看到娟秀的字体，写着英文字母“WNN”。

“闻妮妮。”几乎是条件反射般，郭亦城对着英文字母就念出了闻妮妮的名字。

闻妮妮刚拿到糖果纸和笔，听到郭亦城喊自己名字，凑过去看他手里的字条，第一反应是：“王奶奶？”

郭亦城被“王奶奶”本尊逗得笑出声，闻妮妮总算后知后觉地从他戏谑的眼神里看明白什么，用手比了比自己，不可思议地问：“我？王奶奶，闻妮妮。”

不可能。

刚刚她就闹了乌龙，以为郭亦城对自己有非分之想，这次绝对不能自作多情了。

“不是王奶奶，也可能是王娜娜、王宁宁、王诺诺……”这么一想，名字首字母是WNN拼音的实在太多了。

她问：“你有什么证据证明？”

郭亦城耸肩，没证据，单纯就是凭直觉。

“瞎扯。”闻妮妮飞去一个白眼，将纸笔放到郭亦城手里，不怀好意地笑，“快点，写上你的‘LR’吧。”

其实她也想用郭亦城来验证下，这糖果树究竟灵验不灵验。要是灵验……说不定还能拉着老板娘谋划着，发一笔横财。哎呀，她怎么这么有商业头脑?

“小姑娘?”老板娘端着一盘五颜六色的糖果插入闻妮妮和郭亦城两人之间,“好久没来了,快来尝尝店里的新品。”

老板娘审度的视线在郭亦城身上顿了顿:“这是你同学啊?没见你带同学来过呢……看起来关系很好啊。”

“阿姨好,他叫郭亦城。其实我们关系也不是很好,不太熟的。”闻妮妮附耳到老板娘耳边,奸诈地笑,“新客源。他也很喜欢吃糖,以后让他都来你们店里买。”

郭亦城腼腆地笑了笑,礼貌性地抓了一颗糖,前一秒还在疑惑老板娘这笑里藏刀,似乎不是很待见自己,后一秒看到老板娘身后杀气逼人的郝堂,就全都明白了。

郝堂:“妈,那边有人问你糖果的价格。”

老板娘:“那我先过去,你端着糖果招呼下你同学。”

等等,郝堂刚才喊老板娘什么?

妈?

闻妮妮瞪圆了眼睛,看着郝堂和老板娘两人自然地交流,她剥着糖果的手指抖了抖,糖果险些掉在地上。

“客人的东西,不好随意乱动吧?”郝堂目光扫过郭亦城手里的字条,和郝妈妈是如出一辙的笑里藏刀。

郭亦城知道郝堂的心思,会意地将字条递给郝堂,意有所指地说:“不好意思,窥探别人的秘密确实是不对。”

闻妮妮还在郝堂和老板娘的复杂关系之中凌乱,全然没有察觉到身边诡异的气氛。

郭亦城本来就怀疑郝堂的心思，这会儿抓着机会正好一探究竟。他故作亲密地捏了一下神游的闻妮妮：“喂，想什么呢？我们得回去了。”

还特意用的“我们”。

因着乐冉和郝堂是青梅竹马的缘故，郭亦城知道郝堂也好些年了，两人还误打误撞见过几次。只是郝堂脸盲，根本不记得郭亦城。

可郭亦城却将郝堂记得很深刻，因为他是郭亦城最想成为的那个人。

曾经郭亦城怀疑郝堂对乐冉埋藏着什么别的心思，只是郝堂藏得太深了而已。久而久之了解后，郭亦城才确定，郝堂这家伙从来都只是把乐冉当邻家妹妹看待。邻家妹妹可能都算不上，更像是邻里之间的帮衬，没有任何逾越。

如果不是无意间撞见郝堂那些“小动作”，郝堂这个一心只有学习的书呆子形象，早就根植于郭亦城心里了。

刻意慢下的脚步，对着镜面诡谲的失笑，不经意间的皱眉叹气……

郝堂的心思隐藏得很深，如果不是刻意观察，根本不会发现。

“一颗好糖”的老板娘是郝堂的妈妈，那么郝堂就是未来的家族产业继承人。

然而问题的关键是，她之前好像在郝堂面前还发表过老板娘不太正常之类的言论……

闻妮妮回忆了一下，好像是这么说过，还不止这些，她说的那些谎言，这下子不是全都不攻自破了吗？郝堂一早就知道了，还配合她演戏，就是等着看她翻车？

这次恐怕翻的是重型车了。

苍天啊，她想死，立刻，马上！

闻妮妮烦躁地抓了抓头发，生无可恋地趴在岸边，双脚在水里蹬了两下，还有救吗？

就为这事儿，她已经躲着郝堂好些天了。在还没有想好怎么解释之前，她决定不见郝堂，免得越描越黑。

“学姐，你是不是认识他啊？好像和你同一届的。你知道他叫什么名字吗？底下好多评论在问他。”蔡芷蕾将手机送到闻妮妮面前。

蔡芷蕾是高一学生，前不久招新时加入的游泳队，人长得水灵，不过看着有些腼腆，除了第一次见面时打了招呼，这还是她第一次主动找闻妮妮说话。

闻妮妮心道：不仅认识，关系还不错。

她看着蔡芷蕾那双眸子里掩饰不住的好奇，太明白那意味着什么了。她刷了一遍视频，是先前拍摄的宣传片，点击量已经破万，底下评论显示 809 条，很多人在议论郝堂。

“这个男生叫什么名字？长得太好看了吧！什么神仙颜值

啊。”

“是我们学校的，还是外面请来的演员啊？”

“我不管，我单方面宣布我要粉他！”

“我们学校居然会有那么帅的男生，我还居然没有发现？”

……

郝堂为人处事一向很低调，平日也是循规蹈矩，极少参加娱乐社交活动，一门心思埋头在学习上，这也导致他的知名度只在高二年级里比较高。而这一宣传视频发布后，远的不说，整个德郡先掀起一阵转发热潮，也将宣传片的参演人员一并推入大众视野，出镜率最高的郝堂，会引起热议也是情理之中。

说起来，这是她一手造出来的敌军。

自作孽不可活。

蔡芷蕾见闻妮妮看得入神，轻轻拍了她两下：“学姐？学姐？”

“哦，手机还你。”闻妮妮退出播放界面，将手机递给蔡芷蕾，见她用奇怪的眼神打量自己，才想起来还没有回答她的问题，“他啊，我认识，还挺熟的。”

蔡芷蕾像个无知少女，面露艳羡之色：“真的啊！那他真人也有这么好看吗？”

“没有。现在这些画面都是处理过的，带滤镜的。”闻妮妮违心地说，“而且我告诉你啊，其实他这人私下里很难相处的，动不动还有暴力倾向，他最讨厌的就是女生了，尤其是主动和他说话的女生。你要是看见他，一定要走得远远的……”

唉，为了将情敌扼杀在摇篮里，她这良心可真是太不安了。

余光里慢慢出现一双白鞋，顺着鞋面往上，是一双纤长笔直的腿，而腿的主人正居高临下地看着她，看得她尾骨有一股凉意爬上来。

说曹操曹操就到。

蔡芷蕾察觉到闻妮妮的表情变化，回过头讶异地发现身后这男生长得很面熟。

闻妮妮“扑通”一下，像条鱼一样整个人滑入水里。

“出来。”清冷的声音回荡在整个游泳馆里。

蔡芷蕾忙不迭起身让开位置，才想起来面前的男生不就是视频里的那位学长吗？学姐说的话可真不假，看着脾气是不怎么好。

“再不出来，我就下去捞你了。”郝堂威胁道。

闻妮妮憋气的功夫纵然再好，也耗不了太久，被郝堂这么一吓，像只海獭一样冒出水面，双眸还沾着水汽，湿答答的头发贴在脑袋上，浑身都写着无辜和可爱。

郝堂走到水边，干净发白的鞋面溅了水滴，他俯下身皱眉理了理，另一只手就着俯身的动作从口袋里抽出来，捏着拳头。

他眼一闭，又一睁，拳头只落在眼前。

闻妮妮往后缩了缩脖颈，还好，命还在。

“我刚才是为了帮你挡桃花所以才那么说的，我是有苦衷的……”以及还有一点点小私心。

她抿了抿唇，眼睑上挂着的水滴像极了泪花，看得郝堂有点恍惚，拳头都软了下来，缓缓展开，手心里躺着一颗糖。

他柔声道：“我妈让我带给你试的新品。”

蔡芷蕾远远地偷看着剧情变化，见郝堂神色温柔，明眸里皆是涟漪，哪里会是一个讨厌女生的人。

闻妮妮整个身子都泡在水里，根本腾不出手去接。郝堂似乎也是意识到这一点，索性剥了糖纸，朝闻妮妮嘴里送去。

“你干吗？”闻妮妮警觉，对于郝堂如此反常的举动，第一反应是他该不会是在糖果里下毒了吧？

郝堂撇嘴，又凑近了些，两人的姿势有些暧昧。

他扫了一眼不远处的蔡芷蕾，再定定地看着闻妮妮：“你说我不喜欢女生，我总得亲自辟谣。”

什么意思？上次他和乐冉传谣言的时候，他可不是这么说的。他明明说的是——“那些吃饱了撑的没事干的人，就喜欢找点八卦消遣。你辟谣了一个，还会有新的。”

“你不是说你不在乎谣言吗……”

“那是之前。”

闻妮妮脑子晕乎乎，还未来得及想明白，舌尖传来糖果甜腻的味道，而某人已经起身离开。

蔡芷蕾怔怔地看着闻妮妮，然后做出娇羞捂脸状：“学姐……我发誓我什么都没看见。”

这边郝堂回到操场，庄严怀里兜着一个篮球等他，偏着脑袋探究郝堂脸上的表情："上个洗手间，你上这么久？"

庄严指了指郝堂身后，表示自己都看到他从哪里过来的。

郝堂没想掩饰，话说得直截了当："我什么时候说我去洗手间，我去的是游泳馆。

"送糖。

"给闻妮妮。"

在庄严的审视下，他又不疾不徐地蹦出两句，脑海里随之浮现的，是闻妮妮沾着水滴的脸庞，水漾明眸直直地盯着他，像一只受惊的落水狗。

"你……你这不会是在哄女孩子吧？"

"有什么不对吗？"

"我听到了什么？"庄严愕然地挺直身板，夸张地做出捂耳朵的动作，"我们脑子里只有学习的郝堂，居然也学会哄女孩子了？"

劲爆！

实在是太劲爆！

"没哄成功，顶多是破冰之旅。"郝堂皱皱眉头，看起来闻妮妮并没有因为他隐瞒了家世而生气。那她为什么像是躲瘟疫一样躲着自己？

"你们两个怎么了？闻妮妮也有不理你的一天？"庄严奸笑起来，"你说你又是为她跑得上气不接下气，又是翘课探病，她不应该感动得稀里哗啦吗？”

“无妨，过两天她应该会主动来找我了。”

郝堂的人气飙升，给他的生活造成不少影响，就说走在路上，经常被人以观赏动物园猴子似的目光瞟上几眼，让他很不习惯。相比之下，出现在郝堂身边频率最高的庄严倒是乐在其中。

郝堂从不会收那些乱七八糟的礼物，最后都落入庄严之手。一般能吃能喝的东西，庄严都自己解决了。剩下的什么护膝、保健品，基本都送给郑小悦。她是个运动员，用得上。

这对闻妮妮来说，并不是什么好形势。最直接的一点，围绕在郝堂身边的障碍物越来越多了，降低了她的能见度。就连上学放学都来一两个碍眼的电灯泡。

她只好拉上两个军师郑小悦和郭亦城求助，顺道将那天游泳馆的事情说道说道。

“嗳？你说这是什么关系？”郑小悦嘀咕一句。

“什么什么关系，”闻妮妮眸光涌动，脸倏然就红了，不自在地往另一侧挪了挪，“你别乱想，影响多不好啊。”

就算是未来有什么关系，现在也委实太早了点。

再说了就送了一颗糖果，她就得定下什么关系吗，会不会太随便了……

“我没有乱想啊，我有公式的，你看这里的平行和垂直……”

闻妮妮侧头，看到郑小悦正拿着笔在演算纸上画着向量。

好吧，她根本就没在听。

“我发现你最近不太对劲啊？”闻妮妮皱眉，郑小悦对待学习的态度什么时候这么端正了？她往郑小悦密密麻麻的笔记本上瞟了两眼，明显不是郑小悦的笔迹。

“这些都是我借来的笔记本。”郑小悦心虚地将本子往怀里一抱。

可还是快不过闻妮妮的动作，已经被她抽空抢了一本，一张纸从笔记本里掉出来。

是浅蓝色的信纸，纸上写着一句飘逸的话。

确切来说，是曾经风靡一时的暗示语：我想要两个西柚。

但最特别的是，这句话的前面写着：To 郝堂。

郑小悦见闻妮妮瞪着大眼，都快把那纸张瞧出一个洞了。但她又不明白闻妮妮到底为那一句话较什么劲，抬眼看郭亦城。

郭亦城是个文艺青年，点拨道：“‘我想要两个西柚’翻译过来的意思是‘I want to see you’，也就是‘我想要见你’。”

郑小悦急躁地解释：“妮妮，这笔记本是庄严借来给我的，你该不会怀疑我吧？”

“我当然知道你的字迹了。”闻妮妮叹气，双手托着腮帮子，“看来敌军已经深入我方内部。”现在可真是危机四伏。

此时奶茶店外，庄严和郝堂正拎着书包准备回家，庄严嚷嚷着要买杯奶茶解解渴，郝堂一看队伍排得那么长，没什么耐心等待，揪着庄严要往前走。

“嗳嗳嗳，你看那不是闻妮妮和郑小悦吗？旁边还有个男生是谁？”

澄清透亮的落地玻璃窗，围在小桌子前的三个人被看得清清楚楚。

庄严摸了摸下巴，窃笑：“说起来，闻妮妮最近好久没出现在你身边了啊。这不是有了新朋友，忘了旧朋友吧？你说你前两天不是还给她送糖了吗？人家没领情？”

郝堂一闪身，避开庄严的撞击，淡淡地回：“是没领悟。”说着径直走进奶茶店，回头对着摸不着头脑的庄严说，“走，请你喝奶茶。”

郭亦城所在的位置，是正对着门的视角。郝堂走进店里的第一秒，他恰好打了个盹，直接与郝堂打了个照面。

闻妮妮还在思考着对付敌军的策略，郭亦城没头没尾地扔出来一句：“狼来了。”

狼？什么狼？

闻妮妮正疑惑着，就听到庄严在喊郝堂买什么口味的奶茶。她迅速将头埋下，顺手捞到书本就往头上盖，询问郭亦城：“他没有看到我们吧？”

郭亦城清了清嗓子，同步响起的，还有自头顶传来的低沉声音，是郝堂的，他说：“应该看到了。”

有地缝吗？闻妮妮狠狠咬了一下唇瓣。

郝堂瞥了一眼盖在闻妮妮脸上的书，上面的历史人物被书的主人一番“改造”后，长出拖地的长发，极高的颧骨下有两坨不对称的高原红。

这不就是书本下面埋着的那张脸的真实写照吗？

他不着痕迹地笑了笑，从口袋里掏出一颗糖，在众目睽睽之下朝闻妮妮递过去，一脸纯良无害地放低声音：“吃糖。”

他顺道抓了两下闻妮妮松垮的头发，回头看了郭亦城一眼，便昂首阔步地走了出去。

“看着有点像喂狗。”郑小悦悄悄地说。

郭亦城不同意：“不，我觉得更像是野狼宣布领土。”他再回味了一下那眼神，心里冷不丁发凉。

闻妮妮心口一跳一跳的，捏着那颗糖果，好像掌心都快烧起来了：“你们说……是不是我想太多了……”

这次也是为了辟谣那个他讨厌女生的传闻？

“别想了，直接拿把刀把郝堂的脑袋瓜子劈开看看就知道里面装的什么东西。”郑小悦是比闻妮妮还要没情商的生物，最讨厌的就是费神思考的事情。

“你是个男生，应该更了解男生的想法吧？”闻妮妮看着对面一言不发的郭亦城，又看了一眼左边埋头吸溜着奶茶的郑小悦，“你……”

算了，郑小悦出的都是馊主意。

郭亦城打了个哈欠：“依照我的分析，直接表明你的想法，摊牌就完事。”

这么草率的吗？

“万一我被……”闻妮妮比了个抹脖子的动作，“我现在都还没有挤进年级前 200 名，他会不会看不起我……”

郑小悦差点把奶茶往闻妮妮脸上一喷。

郭亦城捂脸，闻妮妮看着智商确实不太高的样子。

在众多建议之中，闻妮妮还是采取了郭亦城的建议。

有句话不是这么说的吗？与其让他从别人的嘴里了解自己，还不如自己主动坦白。

万一别人中间加点料，就把你这一矿泉水说成易燃易爆的化学药品。

周五不用上晚自习，学生们都会早早放学回家，天赐良机。

郝堂收到闻妮妮的短信，约他七点钟见面，但又不肯说地点，只说具体地点另行通知，搞得神神秘秘的。他在学校门口吃了点晚饭，就回教室写作业，等着闻妮妮的通知。

七点还差五分钟的时候，闻妮妮发来短信，通知见面地点是 105 的多媒体音乐教室。

他拎起书包走到约定地点，幽暗的光从飘动的窗纱透出，隐约可见的是亮着的大屏幕，氛围看起来有点可怖。

推开门，他走了进去，没三步的距离，身后的门迫不及待地关了。

搞什么鬼名堂？

郝堂一早就怀疑了，给他发短信的人根本不是闻妮妮，而是另有其人，故弄玄虚。之所以还来赴约，完全是为了看一看究竟是谁，目的是什么。

屋子里很暗，借着屏幕的光，他的余光寻到藏在帘子后的身影，那双脚并不安稳地挪动。

闻妮妮正想要掀开帘子看一眼郝堂的方位，准备开始演讲，猛然感觉到强大的压迫，喉咙被死死地卡住，润嗓子的糖果在挣扎之中堵住喉咙。

“你是谁？骗我来这里干什么？”

闻妮妮：我是闻妮妮啊。

“为什么不说话？”

闻妮妮：快噎死了，先松手啊。

“你不说话是吗？那我就报警了。”

闻妮妮：我倒是想说话啊，救命啊……

郝堂终于发现帘子后的人在咳嗽，掀开窗帘，看见闻妮妮呈现“○”形嘴要呕吐的样子，紧接着他就发现自己手心里多了一颗糖，一颗还有口水的糖。

她才刚刚觉得舒坦了，顺势低头看着郝堂的掌心，那颗刚从喉咙口吐出来的糖，仿佛瞬间跳进心口，让她感觉窒息。

借着窗外的皎洁月色，可以看见郝堂僵硬的脸色。

郝堂抽搐着嘴角，从口袋里抽出纸巾，将那颗黏腻的糖果包住，又擦了擦掌心，还是黏糊糊的，让他眉头拧得更深：“你到底，在干什么？”

她也想知道自己到底在干什么。

虽然事态发展有些脱离计划轨道，不过闻妮妮心理素质蛮好，在短暂心理调节之后，选择性忽略了不愉快的前奏，打开了遥控器，大屏幕上旋转跳跃亮出她的照片。

是上次郭亦城在医院给她拍的，拍得挺不错。

郝堂一看背景就认出来了，但没明白闻妮妮到底想干什么。

“别急。”闻妮妮点了两下，跳出下一张 PPT，她隆重地清了清嗓子，走上讲台，“郝堂同学，我是 11 班的闻妮妮，今天给你做个自我介绍，方便你更、更了解我……”

郝堂了然，不过他觉得他了解的闻妮妮恐怕要比她自己还多。

PPT 做得花里胡哨，几乎把所有能用的动画特效都加了进去，导致郝堂看了许久，脑海里留下的全是那些乱七八糟飞来飞去的画面。

郑小悦和郭亦城是负责站岗放哨的，不过没几分钟，郑小悦便拽着郭亦城要走，顺便还将门给反锁了，美其名曰：制造机会。

这一制造，倒是把保安给引来了。

保安正巡查校园，用手电筒照见两个鬼鬼祟祟的身影跑过，来不及追，但发现了音乐厅亮着光，断定有端倪。他上前敲门，发现门是锁着的，贴着门能听到里面的声响。

“什么人在里面？”

闻妮妮正讲得兴致勃勃，忽然被门外的声响打断。

“在里面干什么？马上给我开门！”

保安的催促让闻妮妮慌了神，这可怎么解释？她正欲张口，郝堂的手就覆了上来，他朝她“嘘”了一声，并用手比了比窗口，示意从那边逃走。

“其余的我来收拾。”他语速很快，声音很轻，正说着已经将闻妮妮推到窗口。

闻妮妮犹犹豫豫地爬出窗户，回头看了一眼郝堂，他正在讲台上删除PPT，关闭了电脑。

遇到事情，郝堂总是如此冷静沉着。

闻妮妮知道郝堂会处理好一切，一个人先找到一处灌木丛躲了起来，等着郝堂会合，可她眼睁睁看着郝堂从窗户出去，又绕到了正门。

他想干什么？这不是自投罗网吗？

闻妮妮急得要喊出声，但她忍住了，蹑手蹑脚地弓着身子往前靠了靠，听到保安和郝堂正在对话。距离有点远，声音不是很清楚。

“师傅，不好意思，我是本校的学生。这么晚打扰了您。”

保安拿着手电筒上下扫了郝堂一遍，满脸狐疑：“几班的？

你大半夜在这里干什么？”

郝堂一脸诚恳，从书包里翻出校牌递上前：“我是高二1班的郝堂。最近有个演讲比赛，我在做比赛准备，向老师借了多媒体教室模拟现场。”

手电筒打在校牌上，保安比对了一下照片和真人，八九不离十。

“您要是不相信，可以给我们班主任打个电话。”

“……”

“真是不好意思，让您费心了，大晚上还受了惊吓，回头把段长闹醒，又得折腾。”

郝堂这话让保安了然，既然是学生在做比赛准备，他也就不汇报了，省得自找麻烦。他睨了一眼郝堂，确实穿着校服，长得也仪表堂堂，不像是什么坏人，于是放下戒备，挪开手电筒装模作样地拍了郝堂肩膀两下：“行了行了，大晚上的，早点回去，路上也不安全。”

目送着保安离开，郝堂才朝黑黢黢的东边说：“出来吧。”

闻妮妮嘿嘿笑着从灌木丛后探出脑袋：“没想到你还挺有责任感的嘛。”不愧是她看上的男神啊。

“责、任、感？”郝堂复述了一遍，确认自己没有听错。

“不是吗？你一定是不想就这么逃走，害得保安师傅担心，还为了我揽下了所有的事情……”

郝堂摸了一下额头：“你向左转，四十五度角仰望，看到什么了？”

“星星。”

“很好，朝它打个招呼，再往下看。”

闻妮妮做了一个鬼脸，视线往下挪了挪，在黑暗中看到一个红点：“监……控……”

“恭喜你，刚才完成了对监控做鬼脸的挑战。”郝堂对她眨了下眼睛，露出奸诈的笑意，“要是刚才咱们都逃走了，保安就会查监控，那时候咱们可一个都逃不了。”

这郝堂一口一个“咱们”，听得闻妮妮心里美滋滋的。不管怎么说，郝堂还是选择保护她，自己挺身而出。

“而且你那么笨，要是你留下解释，肯定能搞砸，到时候还是得拖累我。”

闻妮妮：行吧，收回刚才脑海里不切实际的幻想。

第八章 / 椰子糕软糖

好想在你心上咬一口，看看是不是也这么软糯可口。
——闻妮妮的《糖果手札》

乌龙事件的第二天，坐标学校小卖部。

“哦——你们两个四目相对，然后就……”郑小悦实在无暇关心闻妮妮的故事进展，因为此时的她正在一大排的薯片中面临抉择，但是碍于今天付钱的金主是闻妮妮，她也只好装出一脸来劲儿的样子，“然后呢？然后呢？”

闻妮妮抬抬下巴，趾高气扬：“郝堂对我说了一句话。”

“什么话？”

“他说……”闻妮妮闭眼回想着那一幕，面部表情开启花痴模式。

当时是在回家的路上，闻妮妮因为羞愤难当，用着前所未有的快步，将郝堂甩在身后，两人一路上没说上一句话。

到了分岔路口，闻妮妮听到郝堂唤她名字。

已经走出一大段距离的闻妮妮应声回头，见鹅黄色的路灯下飘洒着细雨。

他的发色是纯黑的，浓得像黏稠的墨汁。发梢沾上雨丝，在光的照射下是透亮的银色。

他薄薄的唇翘了一下。

她看得目光呆滞。

“他说……说我 PPT 做得挺不错的。”说到这里，闻妮妮情不自禁地露出少女情怀的忸怩姿态，从玻璃的反射看，她是有点脸红的。

闻言，郑小悦险些要捏爆手中的薯片包装：“什么啊？他就夸了你一句 PPT 做得很好？”

但一想到闻妮妮将决定她能拿到多少包薯片的命运，她只好将翻到一半的白眼收回来，昧着良心配合：“不不不，我是说像郝堂那样见过无数个 PPT 的人，居然能夸你 PPT 做得不错，这可真的是莫大的肯定，得写下来，裱起来。”

“我偷偷录下来了。可以当来电提醒。”

“闻妮妮你也太……”

这个口无遮拦的家伙。

“你小声点，这里人很多。”闻妮妮被周围的同学看得有些不好意思，恨不能拿手将郑小悦的嘴巴捂上。

郑小悦往篮子里一包一包地扔薯片：“你这是做贼心虚。”

“你说你昨天好端端把门给锁着干什么？”也难怪保安大叔会怀疑。一想到昨天的事情，闻妮妮心里郁闷得很，差点可就连累郝堂背黑锅了。

“门锁了，别人就懂了。”郑小悦朝着薯片包装袋吻了一口，恶俗地抛了个媚眼，“我能多拿几包吗？拆二代小姐？”

“住口，不许这么叫我。”

提起“拆二代”这个词语，闻妮妮就难过。

昨天家里的饭菜从低配快餐到豪华佳肴，老闻同志还揣了两瓶价值不菲的红酒，闻妈妈也没开骂，原因是他们马上要搬家到路野别墅，而且是全款付清。

城市规划中，闻家所在的这一片小区要打造商业区，给各户都拨了一笔巨款。闻妮妮成了最时髦的拆二代。

这确实是个好事儿，可闻妮妮却不怎么笑得出来。

路野别墅她知道，是个寸土寸金的地块，班里的刑菲就住那儿，距离她现在的住址，那可是一个东边一个西边的方位。这不就意味着她要和郝堂分道扬镳了吗？

房子是一年前订下的，三天之后就可以拎包入住。老闻同志这会儿才想到闻妮妮上学的问题，商量着是给她办理住校，还是用自己新入手的豪车接送女儿。

“那你打算怎么办呢？”郑小悦问。

“还能怎么办？向命运低头。而且距离产生美嘛。”

“距离不止产生美，还能产生小三、小四和小五。”郑小悦正逗着乐，被闻妮妮一把扯住头发，整个人被动地蹲了下去，疼得她差点想问候一遍祖宗，顺着视线才明白闻妮妮这莫名其妙的动作是为哪般。

说曹操曹操就到。

这不小卖部门口庄严和郝堂勾肩搭背走了进来。

“你躲什么啊？”

闻妮妮朝郑小悦“嘘”了一声，猫着身子窝在货架后，像只遇到猫的老鼠，战战兢兢。

庄严和郝堂径直走到饮料区域。

“又买咖啡？”

“最近比较困，提提神。”

“哥们儿，为了给人补习，把自己的学习时间全搭上。”

“没有。”

“还没有。你以为你这黑眼圈是甜甜圈呢？孙老师为这事儿找你好几次了吧？你困到上课打瞌睡，闻妮妮知道吗？谁和我说时间就是生命的？你还真舍得把生命拿出来分享啊。”

郝堂瞥了庄严一眼，没有搭理他的喋喋不休，拿着咖啡反身往收银台走。

终于得到解放的郑小悦，挣脱闻妮妮的手掌站起来，回头见闻妮妮撞了鬼似的将篮子里的薯片一包一包地放回了货架上，又走到笔记本区域，选购了三本笔记本和一捆笔芯。

“小悦，我们不能这样下去了。”闻妮妮拉住郑小悦攀上薯片的手。

“到底怎、怎么了？”

“吃薯片太浪费时间，我们要把握一分一秒学习。”

所有人都忙着奔赴远大前程，谁有空管他人死活。

可是郝堂却默默无私地将他视如生命的东西，就这么送给她，陪着她挥霍浪费。她到底是有多没心没肺，在这里糟蹋郝堂的心血。

闻妮妮一脸悔不当初，跺了跺脚：“我真的太不是东西了。”就差再往脸上甩两个巴掌。

郑小悦舔了舔唇瓣，看着魔怔的闻妮妮，怯怯地往怀里捞了两包薯片：“妮妮，那个我浪费我的时间，你就别管我了……”

“你怎么就不明白呢？”闻妮妮叹气摇头，“把吃薯片的时间省出来，你可以多刷几套卷子？假设吃一片薯片的时间为X，那么一包薯片里共有……”

郑小悦：“我自己付钱还不行吗？”

想吃个薯片怎么就这么难呢？

这节课是体育课，眼看着临近期末考试，体育老师提议给大家玩玩游戏放松身心。闻妮妮一手捂着肚子，找了个身体不舒服的借口开溜。

草坪上有不少男生踢足球，横冲直撞的，忽地听到有人喝令一声“小心”，闻妮妮闪身避开，但那足球又被前方的人挡了一下，猝不及防地弹到她身上。

足球重重地砸向她的膝盖，条件反射下，她跪了下去。

她抬头看前方的人，是郭亦城。

而郭亦城前面的，是受了惊吓的乐冉。

冤孽冤孽。

“闻妮妮，你没事吧？”郭亦城朝闻妮妮跑过去，满脸歉意，就差直接给她鞠个深躬聊表歉意。

“得了得了，你保驾成功，快去邀功，别在这儿浪费时间。”闻妮妮还坐在地上，抱着膝盖，朝郭亦城挤眉弄眼地示意。她正想起身，忽觉小腹一阵热流涌来，又一屁股蹲坐了下去。

不是吧……大姨妈也来凑热闹了。

乐冉也跟着小跑过来：“你没事吧？”

从她的眼神里，闻妮妮显然看见了自己的狼狈，还有郭亦城的慌张不安。

又来了两个，抱着足球的估计就是肇事者，他摸着后脑勺，傻里傻气地道歉；另外一个，八成是来看热闹的。

小腹传来的阵阵疼痛，让闻妮妮面部的表情僵硬。

她一下子被四个人围住，光线都变得黑压压的。几人异口同声地问着：“你没事儿吧？”

闻妮妮实在是难以启齿，担心裤子会不会被染了色，这种时候绝对不能站起来。

“我没事没事，你们自己去玩啊，别管我了。”

可是她又该怎么说呢？

她想一个人坐会儿？坐在这草坪上？

在这炎炎夏日里，嗯……晒晒太阳补钙？

闻妮妮目光四处梭巡，终于瞄到郑小悦的身影，可又不好意思大声喊她，只能朝她挤眉弄眼求助。

郑小悦可算是注意到闻妮妮的信号，用力地点头：“收到。”同时还朝她自信地比了个 OK 的手势，一路小跑着往更远的方向走了。

郑小悦，你给我回来啊！闻妮妮扶额。

郭亦城背朝闻妮妮蹲下身：“要不还是我背你去医务室？”

“不用不用。”

闻妮妮手指收紧，死死地拽着草地，全身都处于警戒状态。可郭亦城也是个固执的主儿，再加上闻妮妮受伤他自认为有一半的责任，好说歹说地劝服闻妮妮，又是要背又是要扶的。

“别乱动。”

淡淡的男人嗓音入耳，让闻妮妮心跳乱了节奏，她瞪圆了大眼看着忽然冒出来的郝堂，白里透红的颈项淌着汗珠。

她随后又看见站在郝堂身后的郑小悦，正一脸得意扬扬地朝她奸笑。

原来郑小悦刚才跑走，是把郝堂给拽过来了！

托郑小悦的福，她最最最窘迫的一刻，就要在郝堂面前一览无遗了。

闻妮妮脸上透着说不出的痛苦，在郑小悦看来是掩饰雀跃情绪，在郝堂看来是隐忍疼痛，他从口袋掏出一颗糖果，剥了糖纸，送到闻妮妮嘴边：“张嘴，吃糖，椰子糕软糖。”

炙热的阳光将她小脸白一阵红一阵的盛况照得分明。

谁天天低血糖发作啊……

小腹又一阵绞痛，闻妮妮忍着疼摇头。

察觉到郝堂伸手要抱她的动作，她脑子忽地一乱，整个人从草地上蹦起来，然后以一种后退的姿势朝众人挥别，朝着人少的方向撤离。

众人一副“见鬼了”的表情。

郝堂看了一眼打在掌心黏糊糊的糖果，皱起眉头。

搞什么？

作为一个八卦分子，闻妮妮怎么也没想到有一天她会吃到自己的瓜，而且还是和男神的瓜。

高二年级疯传堂堂的年级第一，天天跑到吊车尾班级，等着给一不知名闻姓女生送糖果，到后面发酵到全校传得沸沸扬扬，故事越传越离谱。

一伙吃瓜群众还沉浸在郝堂和乐冉那感天动地的故事里，转眼间就被变化的剧情搞得晕头转向，迅速与时俱进地更新了剧情：郝堂与乐冉两人常常因为彼此智商太高而觉得无趣，于是一股来自东方的神奇力量，让郝堂被蠢笨的闻妮妮吸引。

比起什么天生一对、门当户对，人们更喜闻乐见的是差距悬殊并不般配的搭配。

表面并不般配的爱情，往往预示着其中有超脱表面的情感。

闻妮妮的逆袭，代表着草根阶级的胜利。

她意外地，得到了大多数人的祝福。

而闻妮妮的班级，也因此迎来门庭若市的盛况，来了许多想要一睹闻妮妮真容的好奇者。

闻妮妮哪里感受过这种被注视的阵仗，饭吃得不好，路走得不稳，就连作业本都时常要担心被人盗走。不过比起这些，闻妮妮更担心的是这些风言风语会影响了郝堂的形象。

果不其然，隔天她就听到郝堂被班主任拉到办公室谈话将近一个小时的事情。

闻妮妮极力澄清，可是剧情依旧不受控制地发展。她只好拉开与郝堂的距离，让流言不攻自破。

而我们的男主人公不仅没有做出任何要辟谣的举动，反而天天乐此不疲地给女主人公带糖果，还用了一种让谣言愈演愈烈的方式——没有当面给她，都让她的同学们转交给她。这导致每一次闻妮妮都要在同学或是拷问，或是嫉妒的目光鞭挞下战战兢兢地接过糖果。

郝堂的这一行为无异于在落实悠悠众口，在闻妮妮看来更是自毁前程。原本还有小部分不相信的人，也都不得不屈服于现实中。

她得找郝堂好好聊聊。

她深吸一口气，冲出教室，径直走到底，停在 1 班门口。估计上节课是体育课，教室里才回来三两个人，都是汗涔涔的。

她才刚出现，就听到走廊响起不少起哄的声音。

闻妮妮清了清嗓子，明明出来前已经打好腹稿，一开口脑子又空白一片："郝堂……你……你给我出来一下。"

气势一下子被喧闹声盖下去。

面对同学们不怀好意的目光，郝堂倒是一脸沉静，慢条斯理地合上书本，从抽屉里拿出今日份的糖果，起身，将椅子移好，走到门口。

像是在完成某个仪式。

在所有人的凝视下，他堂而皇之地将糖果送到闻妮妮手上，丝毫没有要避讳的意思："喏，今天的，我妈让你尝尝看。"

连家长都见过了？众人匪夷所思，剧情要再更新。

闻妮妮耳根子烧得通红，没接糖果，双手不安地绞着："你、你、你跟我来一下。"

郝堂大摇大摆地跟在闻妮妮身后，路上还饶有兴致地和看客们打招呼。闻妮妮低着头避开路人的注视，俨然一个犯错的小学生。

眼看她马上要撞上电线杆，他伸手一拉，正好揪着她后领。

差点没把她给勒死。

闻妮妮幽怨地回头瞪了他一眼。

他松了手，眼神略带无辜，微微侧了一下头：“你终于愿意来找我了？”

闻妮妮双手合十朝他拜了两下：“这位爷，您到底想干什么啊？”

郝堂晃了晃手里的那包糖果，干脆利落道：“送糖。”

“送糖也不用天天送啊。”闻妮妮快哭了，头一次因为别人给她送糖而难受。

“都说了，回馈季。”郝堂特意将“季”字音调拉长，意思就是，得送满一个季度才算。

郝堂是不是还不知道大家的谣传？

闻妮妮低头把玩着手指头，有点不好意思地说道：“不知道你有没有听到一些谣言……就是关于我和你的。”

“知道啊。”

知道了还不保持一点距离，这不是往枪口上撞吗？

“我今天来找你，就是为了这件事儿。你放心，我会配合你澄清的，你说要怎么做？要不我们发个声明？”

发声明，不如搞个记者发布会？郝堂哭笑不得，不答反问：“和我闹个绯闻，就这么委屈你了？”

“不是。”闻妮妮摆手，可转念一想总不能表现出她很乐意吧，有必要解释一下，“我知道你不在乎大家的看法，但因为这个事情影响你学习了，班主任都找你谈话了，过几天段长、校长说不定都轮番找你。你放心，我会帮你和你们班主任说明的。”

郝堂正色，清了清嗓子：“班主任找我说的是别的事情。”

转眼升入高三，班主任拉着班里有希望冲刺重点大学的同学逐一谈话，了解一下他们的目标。郝堂刻意用“别的事情”轻描淡写，也是不希望闻妮妮等会儿又对号入座什么。

“那——”

“你不知道什么叫作越描越黑吗？”

“好像也是。”闻妮妮宽了心，原来是她想多了。然而想到要搬家的事情，她心里还是难免涌上一阵阵失落。

“郝堂……”

“嗯？”

“我要搬家了。”

她本想着最后一天再说，可还是一时之间没忍住。

生离死别。

你看看，古人还把“生离”放在了“死别”的前头，这足以显示“生离”的分量。

多残忍啊，多值得抹一把老泪。

闻妮妮忍不住吸溜了一下鼻子，情绪酝酿得刚刚好，张口正欲说一句“你别太难过，以后还能常常见面”。

郝堂的嗤笑先一步抢了戏份：“我当多大的事儿。恭喜你啊，乔迁大喜。”

“……”

紧张忙碌的备考在期末大考后按下暂停键，A 城却开始陷入没完没了的雨季。

成绩出得很快。

闻妮妮失神地看着窗台上那一株被雨打得蔫蔫的不知名盆栽，很想打开窗户，将它挪到屋檐下。

可她现在的处境已是泥菩萨过江自身难保了。

“你知道郝堂这次的成绩吗？”

她摇摇头，更不明白对方和她说这句话的用意。

坐在闻妮妮面前的这位，是 1 班班主任裴韶昀，她颧骨很高，眉峰扬起，人送外号“女魔头”。

至于闻妮妮怎么会和裴韶昀坐在一块儿谈话，要从她刚才领了成绩单说起。

闻妮妮的期末考试成绩很不错，从 301 名一跃，挤入 200 名的阵列。当她兴致冲冲地拿着成绩单想要和郝堂道谢时，被裴韶昀喊住了，然后带到了办公室，于是便有了面前的这一幕。

1 班的老师都比较严苛，尤其是班主任裴韶昀，对于学生成绩看得很重。她手指叩了叩桌面。

闻妮妮才注意到桌上的排名单，她往最开始的位置找。

“又退步了三名。”裴韶昀的这个“又”说得很是心焦，毕竟郝堂是班里最有希望冲刺北大的学生。

闻妮妮不知道该说什么，先前因为自己考入 200 名的喜悦，此刻都荡然无存。

“郝堂他是很有希望考上重点大学的，我不希望他因为其他的事情分心……”裴韶昀盯着闻妮妮，“高考是一场大战，在上战场前，所有人要做的就是做好准备。为了其他杂事分心，是拿着自己前途做赌注。”

背后挂着的红色横幅，赫然写着“用激情点燃高考，用拼搏换取成功”。

学生世界里只有一种成功，那就是考入名牌大学。

“郝堂他的成绩，代表的不仅仅是个人，还有班级、学校的荣誉。就算郝堂他输得起，学校输得起，那你接受让他输吗？”

这个世界对他寄予太多厚望了。

她没有想过。

左等右等不见闻妮妮，郝堂询问了她班上的同学，说她五分钟前已经回去了。

抱着碰碰运气的心理，他一路小跑着赶到公交车站。

闻妮妮果然还在等车。

他拍了拍胸脯，等到气息平稳，才走上前：“你怎么不等我？”

不是早上说好一起回去的吗？

“忘记了。”

郝堂纳闷，明明考得不错，怎么一脸不开心的样子？

闻妮妮一言不发，整个气氛都冷下来。郝堂有些不自在起来，这才发现平时两人能融洽相处，都是闻妮妮在主动制造话题。

这会儿把任务抛给他，实在有点压力。

该说点什么呢？

天气？

他抬头望了望天上厚重的云层，雨虽然停了，可浓云还未散去，更像是在积蓄着下一场更大的暴雨。

实在是有够糟糕的天气。

成绩？

算了，他没考好，实在没脸提起。

等车的人很多，一班车驶来，乌泱泱一片的人群拥着上前。

"小心！"郝堂伸手将闻妮妮从推搡的人群之中拉到旁边的空地，"人很多，我怕你等会儿上错车了。"

一瞬间，对着郝堂那张脸，闻妮妮的心里涌起无限的愧疚感。

她有很多话想问，可到了嘴边又被她咽下，只能有气无力地回了"谢谢"两个字。

车上人很多，声音嘈杂，也免去了无话可说的尴尬。两人一直沉默着到下车，又走了百米路程。

小坡的水泥面，被雨水浸透后颜色深了几度。

和她的鞋尖差不多。

街道旁边的小商铺门口，几个小孩撅着屁股围坐一堆，也不知道玩什么，突然一哄而笑。

他收了目光，仍旧回到她打湿的鞋尖上：“暑假别贪玩，也要每天刷试卷。”

“嗯，我会的。”

“那……祝你暑假愉快。”

“谢谢。”

“如果有看不懂做不来的，可以把题目拍照发给我。”

闻妮妮没应答。

“那开学见。”

“嗯。”

直到看到郝堂朝她挥了挥手，和她说“再见”的那一刻，闻妮妮绷了一路的情绪，顷刻间就坍塌了。

“郝堂——”闻妮妮急切地喊住他，眸底的情绪沉浮不定。

郝堂顿住脚步，回头惶惑地看着她：“什么事？”

“那个，以后你就别浪费时间给我补习了。我做不来的会自己去问同学，同学也不懂的，我可以去问老师。”她掐着手心，露出一个稍显僵硬的笑容。

就这样吧。

谢谢你，郝堂。

郝堂怔然，片刻后又了然地点点头，回过头往家的方向走。快要拐弯的时候，他歪头看了一眼，见闻妮妮的背影没入巷口的暗影下，西边的太阳一晃眼就落下山脚。

“其实也不算浪费时间。”他笑。

只要自己乐意做的事情，怎么都说不上浪费时间。

许多匆忙来不及细说的话语，就这么被咽下了。

闻妮妮才刚进楼道，老闻同志的电话就打来了。

“在哪儿呢？怎么还没有到家？刚才你老师打来电话，夸你进步很大，晚上老爸带你们下馆子庆祝去。”

闻妮妮一怔，看了看空荡荡的楼道。

忘记了，已经搬家了。

习惯可真是难以改变的东西。

长达两个月的暑假，闻妮妮没让自己闲着，除了参加游泳队的训练，她还报了补习班。班里大多是基础差不多的同学，没几天大家伙儿就混成难兄难弟。

别说，闻妮妮还觉得蛮有归属感。

偶尔上课的时候，老师讲到某某题目，她想起郝堂给她讲解的过程，也能站起来发言解答。

作为升入高三的学生们，在暑假结束前二十天就已经回归校园生活。当她抬头发现门口的标志已经从“高二 11 班”换成了“高三 11 班”时，终于感受到了来自高考的紧迫感。

第一天，德郡中学就给了大家一个下马威，摸底考试。

讲台上的老师意味深长地笑着，讲台下的同学们面如死灰地哀号着。

“完蛋了，一个字没看！”

“全都忘光了，直接打回幼儿园原形。”

“我连书本都没带回去。”

……

边上的同学叫得一个比一个惨烈。

好像这样，就可以为后面的不理想成绩做好完美铺垫。

闻妮妮泰然处之，端着心平气和的态度面对试卷。因为是摸底考试，主要是为了检测大家暑假复习的情况，所以难度一般。她提早二十分钟做完试卷，又重新检查了一遍。

两天的摸底考试结束了。

班会上，班主任蓝熊语重心长地讲了一番话，同学们也都没有了以往的鼓噪，整个教室安安静静。

闻妮妮呆愣地看着窗外，明艳的光，好像渐渐远去了。

他们将要度过一段非常黑暗的时光。

“同学们！这么多年苦读就是为了高考这一刻，大家一定要把握好这一年……”

视线里闯入一个穿着素色衣服的微胖女人，她端着相机拍摄，从左边拍到右边，完全是毫无章法地乱拍。

闻妮妮纯粹是好奇多看了一眼。

下课的时候，有同学喊闻妮妮，说门口有人找她。

闻妮妮走出门看见的，正是先前拍照的女人。她露出被相机挡住的那张沧桑的脸，青色的眼纹，眼球布着血丝，脸部线条是呈下拉趋势，肩膀塌着。

“请问您是？”

“郭亦城的妈妈。”

乌黑的眸子很快被郭妈妈右手臂上的白布锁住，她失神地点头：“郭阿姨，您好。”

闻妮妮记得很深刻，在奶奶离世的时候，妈妈手臂上就绑过这种白布。

从嘈杂的鼎沸人声中脱身，两人在空旷的操场找了一处荫翳。

八月下旬的天气，燥热难当，四处都是干巴巴的，毫无生气。

聒噪的蝉鸣在耳朵里嗡鸣不断，喉咙的最后一点水汽仿佛都被蒸干了。她抬头看见远处慢慢压过来的云层，慢慢捏紧了指尖。

“您刚才说什么？”她听到自己喉咙里发出粗哑的声音，抬头对上郭妈妈那红肿的眼睛，脑海里又重复了一遍郭妈妈的话。

小城他……走了。

良久，闻妮妮才回过神，心底“咯噔”一响，跟着一声雷鸣。

郭妈妈深吸了一口气，闭眼，极力不愿意接受事实：“五天前，小城外出采风的时候，低血糖发作了……”她说着，将手里的相机紧紧地往怀里收了收，似乎还能从上面感受到儿子的体温。

闻妮妮不知该说什么。

或者说，她不相信郭亦城死了。

一个陌生女人，突然间跑过来告诉你，前不久还和你谈笑风生的朋友已经不在了。

可是明明就在一个星期前，他们还在微信上联系过。

那时候郭亦城告诉她自己有可能准备复读一年，争取和乐冉考到同一个城市。

可是高三还没有来，他怎么先走了。

她一直以为低血糖闹出人命，都是危言耸听。

这种感觉太糟糕了。

糟糕的事情就不应该是真的。

可心口窒闷的感觉告诉闻妮妮，她的大脑相信了这件糟糕的事情。

“我是整理他手机的时候，才知道你和我们小城认识。就这么贸贸然跑过来找你，不知道会不会打扰了你？把你吓坏了吧？”

闻妮妮摇摇头，努力控制自己的情绪。因为她知道，站在面前的这个妈妈，是在多努力地克制自己，才能做到平静地将自己儿子离开的事实说出来。

“小城他没有朋友，难得还有你关心他……阿姨不知道该找谁说话，我在外省打工，一年回不了几次家，也很少关心他。就连这台相机也是那年他暑假打工自己攒钱偷偷买来的，我也不知道他还有这个爱好。

“我本来以为，你就是照片里的女孩，所以才会来学校找你的……”

说到这里，郭妈妈声音伤戚，垂下眼眸。

闻妮妮迟钝地反应过来，照片里的女孩……应该指的就是乐冉吧？

“你能再帮一个忙吗？帮阿姨找一个人。”郭妈妈翻出相机里的照片，送到闻妮妮面前。

闻妮妮看到面前的照片，果真是乐冉的照片。她往后翻着，看到一张模糊的照片，很认真才能分辨出来，那是一片落叶。叶子的脉络似乎因为拍摄者按下快门的时候手抖了，竟然都缠绕在一块儿，像一团解不开的麻绳，透着斑驳的光，耀眼极了。

“这是小城拍下的最后一张照片。”

他一定很不满意吧？闻妮妮想。

“你是小城的朋友，那你认识这个女孩吗……相机里面都是她的照片，我想这个女孩对小城一定很重要。如果可以的话，能不能让她去看一看小城……”

“郭阿姨，对不起。这个忙我可能帮不了。”闻妮妮向郭阿姨深深地鞠躬，“因为亦城他说过不希望打扰这个女孩的生活。”

她恍惚地看着远处被晦涩天光笼罩，一场大雨突降，天地间换上青青黛色，不多时便袭来阵阵凉意。

是啊，郭亦城是这么说过的。

他不愿意。

绝对不愿意就这样狼狈地被自己所喜欢的人认识。

这种心情，她再了解不过了。

中国人最忌讳的就是“死”这个字眼儿。

闻妮妮犹记得很小的时候，偶尔会在街上遇到敲锣打鼓的出殡仪仗队。那时候她还不懂“死”的含义，但从妈妈慌张地给她捂眼睛，勒令她转过身去的动作，约莫也能猜出这是个不太好的东西。

无关紧要的人，把一个人的离去，叫作“晦气”，至亲至爱的人，才会把一个人的离去，叫作“失去”。

闻妮妮第一次体会到“失去”，是奶奶去世那年。她不过十岁，对什么都是一知半解的程度，被动地站在屋内，听着大堂里悲恸的哭声。每年寒暑假她都会回乡跟着奶奶，因此她和奶奶的关系还不错。可她就是哭不出来，怎么使劲儿都觉得为难。这让她在很多年后回想起来，都倍感自责，像一块压在心口的石头。

现在，她渐渐明白了一些，开始明白死亡的可怕之处。是在“失去”的前面，还加了一个“永远”的期限。

可是她不知道该用什么情绪来怀念这个朋友。

饭桌上，闻妮妮咀嚼了两下白米饭，闷闷地说：“我有个朋友前不久去世了。”

“你朋友？年纪轻轻的，怎么……”老闻夹菜的动作没有受到丝毫影响，投过来的眸光里，疑惑远远大于惋惜。

“低血糖”这三个字，跟着白米饭一同被她咽了下去。闻妮妮不想说出这个字眼引起全家的恐慌。

她反省了一下，上次自己因减肥闹到住院，确实太不懂事。

闻妮妮轻描淡写地说了几句，隐藏了去世的原因，闷声不吭地回了房间。

屏幕里播放着她百看不厌的“我有病我不能拖累你”的烂俗分手剧情，素来对此不屑的闻妮妮，今天竟然看得潸然泪下。

电视剧总喜欢玩“造化弄人”这一出，好不容易男女主克服各种反对，抵挡住土豪老母亲上百万分手费的诱惑，最后都会在阴沟里翻船，败给了突如其来的疾病。

闻妮妮抓着纸巾，吸溜着鼻子，又给郑小悦打了电话，先是深情款款地表达了认识郑小悦的感想，又叮嘱了几句“按时吃饭、早点休息”之类的屁话，听得郑小悦云里雾里，直接问她是不是有病。

闻妮妮呢喃：“我是有病。”

低血糖这个要人命的病。

“妮妮，你到底怎么了？你可别吓我啊。”郑小悦终于意识到问题的严重性。

“郭亦城走了。”

电话那边的郑小悦挠头，她比闻妮妮还不谙世事：“走？去哪儿玩了？”

日光明晃晃的，从窗外刺进来，她脑海里明明灭灭的景象，都是那个高瘦的男孩举着相机的模样，他倒地的一瞬间，竟是想到按下快门。

最后那一刻，他究竟想拍什么，不得而知。

可奇异的是，他最后拍下的那张照片，比任何一张都要让她印象深刻，深刻到记得每一个颜色过渡的细节。

“去哪儿了？”郑小悦又问。

她没回，咬了咬唇，还是挂了电话。

第九章 / 星空宇宙棒棒糖

你说要带我看一看整个宇宙。我看了看你，疑惑地想，宇宙我不是天天见吗？

——闻妮妮的《糖果手札》

在开学后的第三周，德郡高中发生了一件可以载入史册的大事儿。

就在课间操的间隙，孔友举着一个喇叭，站在广场中央，当着全校师生的面坦言之前乐冉收到的匿名照片，都是他拍的。

“乐冉同学，我真的很欣赏你，可以交个朋友吗？”

学生们哪里见过这种阵仗，都跟着起哄。

乐冉在学校本来就有一定的知名度，许多人眼巴巴地想和她搭讪几句话，却又踌躇不敢上前。终于有个不知死活地试水，大家都很感兴趣。

更绝的是，乐冉当即回了教室，也不知道从哪里拎来了一个铁桶，放到广场中央，点着一把火，当众将那沓照片烧得精光。

意料之中的，完全不留情面。

闻妮妮赶到广场的时候，看见站在中央的乐冉，她手里只剩下最后一张照片。

没等闻妮妮喊个“等等”，那照片已经飘飘摇摇地落入铁桶之中，火苗一蹿上来，干脆利落地将照片吞个精光。她拨开看热闹的人群，手里举着一盆冷水，悉数灌到铁桶里。

只听到“呲——”一声，火灭了。

然而里面也只剩下灰烬，为时已晚。

一堆被水打湿的灰烬，连飘都飘不起来。

孔友愣怔地看着失控的闻妮妮，半晌才反应过来，心里不由得窃喜，看这个表现，闻妮妮是不高兴了。

他这招险胜啊。

“妮妮，你疯了……”乐冉瞪大眼睛看着闻妮妮几乎将整个头都钻进铁桶里面，完全不明白她在做什么。

当然不止乐冉，围观的同学们都看不明白闻妮妮这又是闹的哪一出。

“乐冉，你都干了些什么啊？你知道这些是什么吗？”

闻妮妮摇着脑袋，失魂落魄的模样，仿佛刚才烧掉的是她的灵魂。

庄严一听到消息，便风风火火地跑进教室和郝堂汇报：“不好了，出大事儿了。”那副甩着手弓着背的模样，像极了吆喝卖报的小哥。

“你能不能有点男人的稳重。”郝堂悠悠地瞥他一眼，气定神闲地准备将手里的最后一题解算完成。

“呼呼呼……你家小粉丝和你的小青梅好像要打起来了，不对，应该是马上要打起来了。”

“什么情况？她们两个怎么会打架？”郝堂迅速掷笔起身，转瞬间身子已经跳出椅子的阻挡。

庄严看得愣怔，不是说好有……男人的稳重的吗？

郝堂回头又看了一眼庄严：“现在人在哪儿？”

“好像……好像往学校外面走了。还是你那个温柔可人的小粉丝揪着乐冉出去的……”

打了两人电话，均是无人接听。询问围观的同学，一致口供是往校外走，而且还是闻妮妮抓着乐冉走的。

表情十分愤怒。

郝堂在学校附近找了一圈，也没找到两人，只好汗流浃背地先回教室。

他相信闻妮妮不会乱来的，但这事情的来龙去脉得搞明白。问了一圈的目击群众，都是一知半解的状态，凭着自己天马行空的想象力补上剧情。

室外温度39℃，热浪袭人。

“闻妮妮，我们买瓶水吧？”乐冉试图挣脱闻妮妮的手，可也不知道闻妮妮哪里来的劲儿，任她怎么使劲儿都白费力气。

先前闻妮妮不由分说地就拽着她往外跑，害她连手机都没有带，而且她还有课的。

“闻妮妮，旷课是要被记过处分的。有什么急事不能换个时间再去吗？我们到底去哪里啊？”乐冉用手抵着出租车车门，坚决得很，“你再不说，我就不上车。”

半晌，闻妮妮松开了手，嘴唇颤动两下，眉头压得很低，泪眼汪汪：“你不去的话，以后会后悔的。”

乐冉愣怔了刹那，迟疑地冲闻妮妮点了一下头，一脚跨入后座：“看什么，不是着急要走吗？”

车子疾驰在公路上。

乐冉绝对没有想到，闻妮妮会带她来墓地。

素来天不怕地不怕的乐冉，在视线越过一块一块的墓碑时，也不由得胆寒，露出心悸的表情。可是她也只能硬着头皮跟着闻妮妮走。

直到闻妮妮停住脚步，在某块墓碑前定住身形。

乐冉瞧了一眼墓碑上的名字，确定自己不认识这人。

不过黑白照片上的男生，看着很是年轻，同龄的？

乐冉向闻妮妮投去疑惑的目光，带她来这里干什么？

“我本来不想告诉你的。”闻妮妮微垂眼，盯着墓碑上的黑白照片，从混沌的愤怒之中渐渐清醒过来。

乐冉不安又迷惑，直觉告诉她，这个叫作郭亦城的男孩，与她有点关系。

她小心翼翼地试探：“郭亦城是谁？”

“那些照片，都是他给你拍的。”想到已经化为灰烬的照片，那上面一笔一画留下的字迹，也都荡然无存，闻妮妮漆黑的眸子沉下去。

是她不好，没有说明白，才让郭亦城的心意就这么被糟蹋了。

“你是说郭亦城才是那个跟踪狂？”乐冉错愕，“可是孔友他不是……说那些照片都是他拍的啊？”

闻妮妮纠正：“郭亦城不是跟踪狂，他是你同学，帮了你很多，上次还救过你。”

乐冉更加错愕，这些信息量对她来说有点庞大。

“什么时候？”

“你还记得上次在操场的时候，那个帮你挡了足球的男生吗？他就是郭亦城。”

乐冉闭眼想了几个回合，最终还是艰涩地摇头：“我真的……想不起来。”

这件事乐冉是记得的，可是她闭上眼睛，脑海里根本就没有这样一个影像，连零星印象都没有。

她完全不记得那个男生长什么样，皮肤是黑是白，又有多高。

“那些照片都是郭亦城拍的，精选了最满意的，每一张都用心地写上话语，是想鼓励你。其实他有很多很多话想告诉你，可是又不想打扰你……”

郭亦城的所有心情，闻妮妮都感同身受。

那种因崇拜滋生出的矛盾感，想要靠近又想要逃避。

乐冉和郝堂这一类人，自然是不会明白的。

自信对他们而言，是与生俱来的天赋。

“闻妮妮，你说这些是什么意思，让我愧疚不安？”乐冉拧着眉头看向墓碑上那张陌生的面孔，此刻她的内心竟然因为“想不起来”这四个字，滋生出异常窒闷的心情。

闻妮妮无力地摇头：“我只是想代郭亦城说出他没有来得及说出口的话。”

“乐冉同学。”她稍作深呼吸，努力挤出笑容，“希望乐冉要相信自己，坚定地走下去。我会一直站在你身边。”

这些，都是郭亦城想说，却来不及说出口的。

坐立难安一个上午，到了中午时分，郝堂才听到乐冉和闻妮妮两个人回来的消息。

一个红着眼睛，一个铁青着脸。

同学们面面相觑，看着这一幕，心里已经有了定论：看来这场大战，闻妮妮输了。

在整个故事里，孔友或成最大赢家。

毕竟有两个女生为了他争风吃醋，还是先前都和郝堂有过绯闻的。

郝堂走到闻妮妮的教室，见她整个上半身趴在桌上，头是朝着窗户的方向。

他轻手轻脚地走到她面前，直接探身向前。

没料到她睁着眼睛，两人直接对视。

猝不及防。

她果真是红着眼睛，眼角还莹润着水光。

“闻妮妮，你怎么了？”

闻妮妮还处于因看到突然闯入的俊颜的惊吓中，脑子发胀，蒙了：“嗯？”

她将整个头埋进臂弯里，声音听起来含混不清：“我没事。”

忍了半晌，郝堂将头缩了回去，低头看着这个莫名其妙闹情绪的小粉丝：“我和你们班主任打过报告，上午就当是请假，说你是因为低血糖要回医院复查，乐冉是陪着你一起去的。”

闻妮妮埋着头，没回答。

“你记得不要穿帮。”

顿了两秒，郝堂转身准备离开，闻妮妮的声音在空荡荡的教室里回响：“郝堂，你能不能别再管我了？”

郝堂站在距离她三米外的位置，闻言不疾不徐地转过身，单手抄在裤兜里，凝视着她，不咸不淡地勾了下嘴角，有点自我嘲弄的意味：“对不起，算我多管闲事了。”

这一眼看得闻妮妮浑身发软。

并不是这样的。

只是她总是拖累郝堂，把他牵扯进不好的事情，让他分心。

郝堂说完这句话后就径直离开了教室。闻妮妮吐了一口气，从抽屉里翻出一颗糖，扔进嘴里。

咸咸的眼泪混着糖果的甜腻，难以言说的味道。

这天之后，郝堂真的硬着脾气没再关心过闻妮妮的事情，至少表面上，在听到庄严提起“闻妮妮”三个字的时候，能够不动声色。

可偏偏好巧不巧，命运总是让两个人神奇地相遇。

例如图书馆。

“郝堂嗳……”郑小悦用笔头打了一下闻妮妮，用眼神示意她转头。

那边庄严正屁颠屁颠地引导着郝堂选座位，和郑小悦远远地交换了一下眼神：“嗳，闻妮妮、郑小悦她们也在，好巧啊！我们去那边吧？”

郝堂面无表情，直接拎起书包转身出了图书馆。

又例如在食堂。

“妮妮，人太多，都没位置了，要不我们和郝堂他们坐一块儿吧？”郑小悦笑嘻嘻地看着闻妮妮，回头悄悄地和庄严比了个“OK”的手势。

迫于无奈，总得坐一块儿吧？

她还没来得及乐呵几秒，前面的闻妮妮冷然道：“阿姨，麻烦打包。”

庄严就这么眼睁睁地看着闻妮妮和郑小悦拎着午饭走出食堂，他将视线放到对面面无表情埋头吃饭的某人脸上。

“听说你的小粉丝……闻……她居然主动和他们班主任坦白错误，承认自己无故旷课了。怎么一回事啊？

“不过你放心，他们班主任就是批评教育了她一顿。

“你说闻妮妮和乐冉那天到底去干什么了？问谁都不肯说，真和那个……有关系？”

庄严用余光窥视着郝堂的神情，还是用“那个”隐晦地指代了孔友。

“和孔友没关系。”正找座位的乐冉，端着餐盘坐下，扯掉右边耳机，只剩下左耳里微弱的朗读英文单词的声音，她扫了一眼郝堂面前餐盘上看着就索然无味的菜色，“但是具体的我不能说，你不要误会她了。”

她答应过闻妮妮要守住的，这是那个男孩的秘密。

一刹的愕然被压在眼底，所有情绪都在他不紧不慢的夹菜动作里沉淀下来。郝堂没说什么，依旧是低头吃饭，好像那才是天底下最重要的事情。

“我们没什么误会。”

“哦？最好是没有误会。”乐冉煞有介事地看了郝堂一眼，

“不过，我刚才好像看见孔友在找闻妮妮，往游泳馆那边去了吧？看他那样子是要找闻妮妮说什么……”言罢再次欲言又止地看了郝堂一眼，他眼底已有几分不安的躁动。

庄严在一旁赶紧添油加醋：“也不知道他会做出什么冲动的事情，孔友这人吧，看着就很极端，万一动起手来……”

郝堂低头往嘴里送饭的动作一滞，但不算明显。他敛着情绪，“嚯”地直接从凳子上站起来，一手端着餐盘：“先走了。”

食堂里到处都是熙熙攘攘的人，闻妮妮拎着打包的午饭来到游泳馆，馆内空无一人，落得个清闲自在。

闻妮妮最近没什么胃口，扒拉几口算是对胃交差。她一个人坐在泳池边，发了会儿呆，嚼完了两颗糖，起身拾掇了剩菜剩饭。

听到猛然一声喊叫：“妮妮同学！”

闻妮妮的意识还在郝堂身上转悠，这一声喊得她三魂七魄跑了一半，就差吓得摔进泳池里。

她没好气地回头瞥了一眼孔友，那家伙正咧着嘴笑吟吟的，像极了上次逼得她跳泥塘的大狗。

看得闻妮妮一阵胆寒。

“你这饭都没吃几口啊？学习那么辛苦，还吃得那么少，你这样不行的。”

“有什么事？”闻妮妮直奔主题。

孔友靠着她右侧坐了下去，目光打量着她：“你是不是还在生我的气？”

什么叫作“还在生气”？

闻妮妮完全不能理解孔友这清奇的脑回路。她往左边挪了挪位置，拉出安全距离。

“我都知道了。”孔友故作扭捏地笑了一下，也不管一旁的闻妮妮明不明白他说的是什么。

“我先前还以为你对郝堂……不过现在我明白，你还是……”孔友支支吾吾说着，竟把自己说得不好意思，羞赧地笑了起来。

他到底明白了什么？闻妮妮思忖。

“你还在因为我和乐冉表白的事情生气？我那只是激将法，我是为了帮你试探郝堂对乐冉的感情……我……”

闻妮妮越听越糊涂了：“等等，我为什么要因为你和乐冉表白生气？”

“看吧看吧，你就是生气了。你们女生典型的生气表现，说没生气，就是生气。”

孔友的一堆怪逻辑，听得闻妮妮简直想一脚踹过去。不过鉴于一脚可能会踹空，她只好放弃想法，以逃为上计。

刚站起来要走，孔友一着急站起来伸手去拉，手捞了个空。

地面有水渍，脚底打滑，他像只基围虾般摔进泳池。

顿时水花四溅，将闻妮妮也溅了一身。

孔友呛了一大口水，从水底浮上来，嗷嗷叫着：“救命啊！

救命！我不会游泳！”

浅水区的水不深，孔友站着，水只到他腰部。闻妮妮知道淹不死人，猜测八成是孔友使诈，连头都没回一下。

“救命……我……我真的怕水……救……”

她又走了五步，哀号声倒是渐渐弱下去了。

听不到动静，闻妮妮才稍显心虚地回头看了一眼，真见孔友沉到水里了。她转身要跳进泳池，被人一把拉住。

“我来。”

只见眼前晃过一道身影，倏忽之间跳进了水里。

没两分钟，就见郝堂一手捞着气息奄奄的孔友游到泳池边，半晌也没睁开眼睛。

郝堂觉得孔友是装模作样的，就算真的不习水性，也不可能吃几口水就成这样，况且刚才捞他的时候，分明还感觉得到他的意识。

然而闻妮妮开始着急了，双腿一跪，倾身上前。

“你要干什么？”郝堂拉住她。

“给他做心肺复苏。”

郝堂皱眉：“他装的。”

“时间不能耽误，万一他不是装的呢？”闻妮妮再次倾身，又再次被郝堂拉住，这次直接被他拎到几步之外。

“我来。”郝堂煞有介事地解释，“你力气不够。”

孔友迷迷糊糊的，只觉得胸腔一阵压迫感，感觉天旋地转，睁开眼睛时，眼前是……

他愣怔了好一会儿，才反应过来，这是一个男生的鼻梁以及男生靠近的唇瓣。

“啊——”孔友一个翻身。

得，又滚进水里了。

郝堂捏了一把还湿答答往下滴水的衣服，不紧不慢地又跳进水里，重新将孔友捞了上来，抬头看了一眼还在等待的闻妮妮："你先走吧。"

闻妮妮疑惑："你们……"

"我们有点私人恩怨要解决。"

孔友浑身瘫软，惊魂甫定地躺在地上，张嘴想要喊住闻妮妮，直接被郝堂捂住嘴，眼睁睁看着闻妮妮离开了。

等到闻妮妮离开，郝堂才不紧不慢松开手。

"你你你……你要干什么？"孔友刚恢复气息，视线无法控制地定在郝堂的脸上，脑海里萦绕着那个挥之不去的画面，他双手死死地捂住自己嘴巴。

郝堂被孔友这一系列动作也引起了不适反应，别扭地拧着眉心，起身站在一步远的位置。

要不是为了闻妮妮，他才不会牺牲自己。

"就和你说一件事儿。"

郝堂忽然正色，让孔友原本就紧绷的身体更僵硬了，身上的水好似注入某种不可抵抗的重力，将他死死地困在地上。

“什、什么事？”他口腔里还混着泳池的水，味道难以言说。可郝堂脸上的表情，让孔友更加难以言说。

“离闻妮妮远一点，十米之外。”

孔友不服气，挺了挺胸膛：“我凭什么要听你的？”

“凭你学习差。”

“……”

“你耽误自己就算了，她耽误不起。”

孔友被郝堂怼得说不出话，谁让他学习成绩确实不如人家……不仅在学习上，就“德智体美劳”五样，也没有一样能拎出来和郝堂一决高下的。

“我要是考得比你好了怎么样？那换你离闻妮妮远一点。”

话音刚落，就得到郝堂干脆利落的“没问题”三个字。

等到郝堂离开良久，孔友才觉得自己好像被下套了。

他为什么要和郝堂打这个胜算极小的赌？

日子像插了翅膀，飞快地划过。

进入高三后，各种大小型考试接踵而至，闻妮妮才开始领略到什么叫作“黑色高三”。一轮复习下来，她感觉自己小小的脑袋都快被各种知识充斥得炸了。

有时候她会想，郝堂的脑袋看着也并不是很大，怎么就能学得了那么多东西呢？

当初文理科分班的时候，闻妮妮毫不犹豫就选了理科，理由是理科背的内容少。

那会儿她还没有领略到理科的奥秘，但以体育生标榜也觉得文化课不重要。真正开始抓成绩，入了门，一知半解的，总觉得学得不够。

郝堂先前给她推荐的大大小小练习册，她全都买来刷了两遍。

她将所有空笔芯整齐地捆在一起，反复又看了两遍期中考试的排名，郝堂终于回到了第一名的位置。

真是万幸。

一开始班主任蓝熊也没注意到闻妮妮的存在，直到某一天他忽然间发现，班里有个吊车尾的体育生，居然挤进了年级前100名。他在家长会上称闻妮妮为黑马，还点名请了闻爸爸分享经验。

以往每次奔赴家长会，都是挨批的角色，这会儿突然让闻爸爸分享经验，他反倒有些不适应。闻爸爸挠挠后脑勺，冲着台下嘿嘿一笑："大家好，我是黑马她爸……哦不对，我是闻妮妮的女儿……对不住了，闻妮妮是我女儿……"

他朝着众人鞠了一躬。

台下哄笑一片，蓝熊跟着轻叹了一口气。

家长们觉得闻爸爸谦虚，有几个便私下要了他号码。

后来的一段时间里，老闻常常接到陌生女人的来电，这导致他家的"女领导"团购了十个款式的搓衣板。

素来对成绩这件事淡漠处之的闻家爸妈，在亲戚的忽悠下，也对高考重视起来。两人做了分工，老闻负责接送上下学，而妈妈则负责每天不重样地炖补品。

一个寒假过后，闻妮妮发现自己的体重飙升得比排名还快。

“看来还是核桃有用，我得赶紧再去买两斤。”

“净相信这些，我觉得还是我优秀的基因开始发挥作用。”

爸爸妈妈因为谁的功劳更大在争风吃醋，闻妮妮也懒得争辩，其实这些都是郝堂的功劳。

她又想，要是郝堂听到爸妈这些话会是什么反应，他一定会说迷信。

郝堂是那种绝对信奉自我的人，他相信正向的努力可以改变一切。要不是还有这点信念，估计在给闻妮妮补习的前期，他就脑溢血身亡了。

郝堂，郝堂。

她莫名地有点想念这个人了。

今天郑小悦有意无意地提到了郝堂三次：第一次是说他早上穿反了衣服，第二次是说在图书馆看见他，第三次是说他申请保送。

算上物理老师提到的一次，就是四次了。

闻妮妮都知道，即使他们不说，她也时刻都掌握着他的消息。

这是她一个人瞒着全世界的小秘密。

先前郑小悦问她在闹什么别扭，指责她忽然间这么不声不响地冷落郝堂，实在是很不仁道的行为，为此还和她闹了好一阵子。

也真是蛮奇怪的。

在她死乞白赖黏着郝堂的时候，郑小悦对郝堂一向嗤之以鼻，两人一掰了，反而站在他那边了。

大概是她有生以来过得最忙碌的一个冬季，以至于早春的柳树抽出嫩芽了，闻妮妮才恍惚地回忆，今年冬季究竟有没有下过雪？

她很喜欢雪天，尤其是小时候，总喜欢和小伙伴们玩什么挑战不可能的游戏，踩着结了冰的湖面，小心翼翼地跑到对岸，看到身后裂出的细缝，刺激得很。

闻妮妮看着窗外渐渐褪去大衣的行人，一旁的妈妈在叮嘱着等会儿自主招生面试应该如何如何，要她放松心态。

“妈，我不紧张。”

“不紧张就好，不紧张就好。你说你这孩子，就铁了心来北京，不然多考几个地方，机会也大呀。”

家里提出了普遍撒网的战略，可奈何闻妮妮一心只想考北京，爸妈也拗不过她。

几日的面试培训确实有成效，虽然她有点紧张，但都正常发挥。

相比之下郑小悦的高考生涯就没有那么美好了，郑妈妈仍旧是三天两头的言语炮击，有一天晚上直接把郑小悦气得离家出走，郑妈妈急得找了一夜，最后郑小悦冻得不行了，才灰溜溜回了家。

“郝堂他们也在北京，集中培训呢。”郑小悦已经把向闻妮妮发情报，当作自己日常的一部分。

“哦。”其实闻妮妮早就知道了，段长居然联系到了北京某高校的名牌老师，把文理科两个小班愿意报名参加的同学都拉到北京听课。

现实就是这样。

一面说都是公平对待的，可一面总是要有所区分。

资源是有限的，能给到充分利用的人手里，才叫不浪费。

挂断电话，她打开已经许久没有登录的 QQ，盯着上面的置顶聊天，信息还停留在系统冰冷的通过好友提示语中。

时间是一年多以前。

她忽然想起来，加了郝堂 QQ 之后，两人还没有聊过。

一个原因是她没胆聊，一个是她也不知道聊什么，再有就是她根本都不知道郝堂知不知道加他的人到底是谁。

她费尽心思加上的 QQ 号，居然一点也没发挥作用。每次偷偷潜入郝堂的 QQ 空间查看状态，退出的时候都要小心翼翼地删除访问记录，顺道还会把访问郝堂空间的人也都拜访一遍。

尽管迄今为止，郝堂好像也就在某年运动会上发过一次状态。

闻妮妮正要退出 QQ，手机提示特别关注更新状态。

可真是难得。

犹豫了一下，她还是点入查看状态，是一张夜景照片。如果她没看错的话，这夜景里的酒店，就是她现在住的地方。

状态下面有定位，闻妮妮查了一下，果然是她住的地址。

也就是说，要是她现在下楼到旁边的大街晃两圈，运气好的话还能遇见郝堂？

不去不去，发什么神经病。

为了阻止自己发神经，她立即换了睡衣，正准备洗漱的时候，庄严的电话打来了：“闻妮妮，快点下楼，郝堂出事了。对了对了，记得带点现金下来，到便利超市门口。”

闻妮妮虽然还没明白到底怎么一回事，但听到“郝堂出事了”，她想也没想就披了件毛衣匆匆下楼，找到便利店：“郝堂呢？他怎么了？”

这话才说完，她的目光顿住，定在门口倚着墙的郝堂身上，他微微合着眼帘，似乎也看了她一眼。

啊，睡衣。

她局促地瞟了一眼自己身上的皮卡丘睡衣，赶忙把头上的帽子掀下来。

庄严嘿嘿笑着，将手里的一大袋东西举起：“郝堂差点饿死了，多亏你来了。这里二维码收钱的机器坏了，我们没现金。我把钱转给你，你帮我付个现金。”

五脏六腑像是要生出一团火，闻妮妮按着突突直跳的脑门，忍着要将庄严剥皮拆骨的冲动，拿着现金结了账，然后板着一张脸，头也不回地上了楼。

“郝堂，你怎么知道闻妮妮住在边上的？”庄严嚼着香肠，“不对……我说你大晚上带我来这么远的超市买东西，是什么居心，原来是……”

“吃东西也堵不上你的嘴巴？”郝堂拿着纸巾擦拭掌心，抬眼看着十米之遥的酒店，眼角有稍纵即逝的笑意。

6 月 8 日，轰轰烈烈的高考结束了。

进考场前，郑小悦还是一副天不怕地不怕的飒爽英姿，走出考场后，她仰天叹了一口气，宛如丧家之犬地低声问闻妮妮：“今晚能去你家借宿吗？”

她怕回家免不了一顿打。

闻妮妮还没有缓过神，回头看了一眼从各个教室拥出来的同学，场景熟悉得就像某个下课的午间，大家哄抢着去食堂，嘴里念叨着鸡鸭鱼肉哪一个更好吃。

她捏了捏手里还剩下将近四分之一的果汁，以熟稔的动作将瓶子扔进垃圾桶。瓶子碰着垃圾桶的口子，弹了出去，滚到了某人脚边。

嗯……

某人……

郝某人……

那四分之一的果汁，毫不收敛地悉数打在郝堂的裤腿上，很快在白色的布料上蔓延成一片黄渍。

刺眼极了。

郝堂惊觉脚边有什么东西晃动，转身扫了一眼，没有发现始作俑者。倒是在远处看见一个熟悉的背影，在所有人都往校门口走的时候，偏偏要逆流回去的人。

而且跑得很快，慌慌张张，就像是做错了什么，抓紧时间逃离案发现场……

“妮妮，你跑什么啊？你等等我啊！你走错了吧？”郑小悦的嗓门很大，引起不少的人纷纷侧目。

郝堂拧着眉心，低头看着脚边的瓶子，叹了口气，无奈地弯腰将它捡起来，规规矩矩地扔进旁边的垃圾桶。

又扫了一眼，郑小悦已经抓着闻妮妮，两人交头接耳不知在说什么。

熙熙攘攘的人群，嘈杂的声音，一路将郝堂送到校门口，他想了想，停下脚步，转了方向往学校走，视线很快重新定位到了远处的两人身上。

不，确切来说是三人。

因为孔友正咧着嘴以每秒一米的速度朝着闻妮妮走去，嗓门挺大的，开场就是不太机灵的搭讪：“妮妮，你考得怎么样？”

闻妮妮呵呵假笑，完全没有接话的欲望。

碰了一鼻子灰的孔友，仍旧是坚持不懈地找话题：“对了，送你的糖果吃了吗？”

“那糖果是你送的？”闻妮妮愣怔。就在前天，她回家的时候发现书包里多了一袋糖果。可塑料袋上赫然是“一颗好糖”的标志，怎么会是孔友送的呢？

作为资深糖果爱好者，这种糖果她倒是在网络检索时见过，叫“星空宇宙棒棒糖”，多产于国外，而且价格过高，她也就没有浪费钱去尝尝鲜。

星空宇宙棒棒糖，顾名思义，一种盛装了宇宙星空的糖果。一半暗黑，一半透亮，可以清晰地看见里面的星球图画，各色不一，大小不同，在白炽灯的照射下，闪烁着异常夺目的光。

“当然是我送的了。”孔友仰着下巴，满脸笃定，“除了我还能有谁？”

她还以为是……闻妮妮没有将自己的猜想说出口，但脸色已经说明她的心事。

“怎么了？不喜欢吃吗？那是我跑了好几个地方才找到的，是不是不合口味？你告诉我喜欢吃什么，下次我给你买。”

郑小悦眼见闻妮妮被孔友纠缠得有些不耐烦，赶忙打圆场：“孔友，我好歹是你同班同学，搁这儿这么久，是当我不存在呢？”

“小悦老大！哪能啊。”

“我看你这小子挺能的……”郑小悦到底是念着孔友还请自己吃了好多零食，也说不了过重的话，拍了他肩膀两下以示警戒。等她回过神的时候，见闻妮妮已经走出一大截。

背影都透着“失魂落魄”几个字。

郝堂忽然间想起，有件事还没告诉闻妮妮，那就是他也搬了新家，还住在闻妮妮对面。

本来想给闻妮妮一个惊喜，可搬了新家后，转眼间一周都快过去了，两人连个面儿都没见着。后来他就想着，干脆还是等高考结束后吧。然而高考结束后，他发现更找不到契机和闻妮妮说了。

这件事就这么再三搁浅下去。

可能是心虚，怎么做都是像是刻意为之。

桌上还堆着一沓练习册，他随手翻了两下。手机振动得没完没了，是庄严发来的 QQ 消息。

“你估分了没有？群里发答案了。”

“那道最简单的数列题，我居然算错了。”

“那个重力不对吧？群里答案是不是假的啊？”

“学神，求求你赶紧现身吧。”

“群里有人在讨论你和周定的排名，周定这次估分很高，差不多有 690 分……”

“郝堂你说话啊，你不会考砸了要跳楼吧……”

郝堂：“……”

“你终于出现了啊！怎么样，你估了多少分？”

“就那样。”郝堂打下三个字，然后瞟了一眼班级 QQ 群，一字排开的都是要去天台排队的同学的哀号。

这里面不乏许多考得好却凑热闹开玩笑的。

他正要退出 QQ，看见空间那个熟悉的头像更新状态的提示。

备注名为“黑粉”的闻妮妮，刚刚发布了一个凋零的玫瑰花的表情。

郝堂起身走出房间，有点不自然地起身收拾垃圾桶：“我下楼扔个垃圾。”

说完就一溜烟儿不见踪影。

郝妈妈疑惑：“这两天孩子垃圾倒得挺勤快呀。”

“这不全市准备搞垃圾分类了嘛，咱儿子肯定是想先做个标榜。”

某位在老父亲眼里想要成为垃圾分类标榜的三好学生，拎着一袋垃圾走到垃圾桶前，先是朝小区门口的方向探了几眼，后又给身后扔垃圾的大妈让了位置。

记得昨天也是这个时间点，看见闻妮妮从小区门口走回来的。据郝恬从闻铭那里得到的情报，闻妮妮这几天都在游泳馆练习。

等待了十分钟有余，手里的垃圾都快脱离束缚，目标人物可算是出现。

闻妮妮这人确实没什么时间观念。郝堂叹了口气，将袋子解开，装模作样地开始挑拣。

干垃圾、湿垃圾……

目标人物还差十米、九米、八米……一米、零米。

两人顺利地擦肩而过。

又走了两米之后，闻妮妮停下脚步，仰头朝着天空叹了口气又继续往前。

没了？

郝堂回过身，朝闻妮妮喊：“闻妮妮，好巧。”

在他的期待中，闻妮妮转过头，淡淡地瞥了一眼。

不带什么表情起伏的。

“哦。”她说，“扔垃圾啊。”

然后就没了，她转过头继续走了。

这下轮到郝堂有些不知所措，想象中的画面是闻妮妮会亢奋得一蹦三尺高，不停地问“你怎么出现在这里啊”“我们真是太有缘分了”之类的无聊话题。

夸张点的话，可能会像只许久没见到主人的小狗直接扑上来。

但是现在她只回了一个言简意赅的“哦”，连个多余的眼神都没有。

他说不出心里是什么感觉，有点焦躁，有点孤独，有点失落，反正咀嚼在心里，并不是很好受。

嗯……他觉得自己好像被抛弃了，就和此刻蹲在垃圾桶旁边翻找食物的流浪狗一般。

一定是因为闻妮妮估分出来的成绩不太理想，所以心情低落沮丧。

“喂，你认出我是谁吗？”

闻妮妮有点不耐烦，又回头看了一眼，反应平平：“不就是郝堂吗？”

随着她脱口的话，“郝堂”这个名字也在大脑里重新过滤了一遍。

空气骤然安静。

郝堂？

郝堂！

她如梦初醒，狠力地揉了揉眼睛，眼眶一下子就红了，三两步蹿到郝堂跟前，仰着头审视着面前的人，好像在品鉴某个价值连城的出土文物。

然后她闭上了眼睛。

郝堂听到她长长的吸气声。

真的有点像狗。

郝堂向后退了退：“刚在垃圾桶旁站得有点久……”

她再睁开眼睛的时候，面前的人还在。

“其实那个参考答案也不一定全都正确，主观题的分数还占很大一部分比例，你也不必太灰心难过的……高考成绩这不是还没有出来吗？再说了，就算真的考砸，大不了我给你补习，再考一年……怕什么，有我在呢……”郝堂说到这里的时候，被闻妮妮盯得不好意思。

“什么估分啊？答案出来了吗？在哪里？”闻妮妮一脸愕然。

郝堂：“你、不、知、道、吗？”

闻妮妮摇头：“算了，估分就是给自己找不痛快，反正考都考完了。”三言两语就将话题转了个方向，比起估分的事情，她有一件更想知道的事情。

她伸手从口袋里拿出一根棒棒糖，送到郝堂面前："你知道这是什么糖果吗？"

这个问题困扰了她好几天，本来今天她终于鼓起勇气跑到郝堂家想去问一问，结果才知道郝堂搬了家，连"一颗好糖"糖果店都关门了。

郝堂怔了一下，怎么会不知道，那些棒棒糖都是他亲手做的。他这一怔只是因为很疑惑为什么闻妮妮会这么问自己。那天孔友不都冒认了吗？他如实回答："星空宇宙棒棒糖。"

宇宙万千浪漫，星辰亿万光芒，都不及你一笑。

"是你做的？"闻妮妮如履薄冰地试探，目光所及之处，被墨绿色网子罩住的施工建筑，掩着一半的落日，轮廓在柔和的淡橘色光环下朦朦胧胧的。

好像世界的心跳。

怦怦——怦怦——

唯恐被发现，又唯恐不被发现。

郝堂肯定地点点头，但有些不可思议："你是怎么变聪明的？"这一次居然没有被孔友忽悠过去。

"不告诉你。"闻妮妮冲他做出一个鬼脸。

其实她只是出于内心的希望，她希望那是郝堂送的。

郝堂沉了脸色，转身就要走了，急得闻妮妮连忙上前又拉又拽："喂喂喂，你生气了？"

“不然呢？我可不想被某些不识好人心，无情无义的人，再倒打一耙。”明里暗里指的是闻妮妮考前那一段忽然闹别扭的事情。

闻妮妮也明白，自己那段时间有些无理取闹。可当时因为郭亦城的事情，她心情实在糟糕透顶，又被那位裴姓班主任说教一番，委实难受。

“对不起，我当时也不知道……”中了什么邪门的蛊。闻妮妮脸颊微鼓，明亮的眸子盈满了无措。

他神色淡淡，暗里偷窥着闻妮妮的表情变化。其实他全都知道，就闻妮妮的那点小心思，谁都能看出来。

以学业为重嘛。

可他心里也实在窝着委屈，一股脑儿全都蓄在掌心，半分温柔地抓了两下她的碎发：“下不为例。”

真是不想和她吵架了。

尤其是不想再体验这种憋着话的感觉。

回去的路上，闻妮妮才想起来，郝堂怎么会出现在自己家小区的这件事。

“对了，你来这里……做垃圾分类？”

“我搬家了。”

“我知道啊。”闻妮妮顿了顿，看着走在前面的郝堂，他、他……他怎么往自己家的方向去了？

“哦对了，忘了说，我新家就在你家对面。”

第十章 / 他的喔喔奶糖

我吃过最上瘾的一颗糖，是你这颗。
——闻妮妮的《糖果手札》

房间朝北，正对着午后的太阳，浅色窗帘根本遮不住光线，它一面被空调的冷风打着，一面被外面的阳光烘烤。

闻妮妮咬了颗橘子味的糖果，看着桌上的录取通知书，醒目的D大标志。她的脑海里此刻已经拉出一段270公里的路程。

她是如愿考上了D大，可没想到郝堂报的是另一个城市的C大，两个城市间的距离，坐高铁一个小时四十分，坐汽车约莫四个半小时。

敲门声响起来，隔着一扇门听不清闻铭说了些什么，但敲门声却是越来越急促。

闻妮妮焦躁地抓了下头发：“好了好了，我起来了。现在给你点外卖。”

老闻带着他的“女领导”又去过二人世界，闻铭和闻妮妮留守家中。闻妮妮一点也不想烧饭做菜，基本都是到点订外卖。

外卖菜单上的菜几乎都被他们吃了个遍，她看得都没什么兴趣，难怪闻铭要和老闻打电话投诉她虐待。她随意点了几样，准备下单，突然被推门而入的人吓了一跳。

开门的人似乎比她还要愕然。

“你……还好吧？”郝堂窘迫地收回了视线，“闻铭说你一天都没吃饭……”

闻妮妮看了正在窃笑的闻铭一眼，猜到大概又是这兔崽子在使坏。

郝堂自觉地退出门外，将门给闻妮妮带上。约莫过了十来分钟，方才还是头发凌乱的人已经变成穿戴规整、妆容精致的女生。

闻妮妮看了一眼趴在桌上吃得津津有味的闻铭，这才明白他把郝堂骗来的用意。她看了一眼桌上热气腾腾的面条，红色的番茄、绿色的香葱、白色的细面，还真有点饿了。

她坐下，喝了口汤，咬了口面：“你做的？”

正在低头回信息的郝堂点了点头：“嗯。”

“还蛮好吃的。”

他勾了下嘴角：“暑假要不要一起报班学个车？”

“啊？”

“现在都有新能源电动车了，这样以后你到C大也方便，不用等车。”

“啊？哦——”

大学生活很新鲜，但也比想象中更忙碌，因此即使考了驾驶证，闻妮妮也根本没时间开车到C大。

两人只能靠着电话维持联系，基本是闻妮妮打过去，和郝堂乐此不疲地分享着大学的新鲜事儿，事无巨细，有时候一聊就聊到了深夜十一二点。

怕影响到室友休息，她就站在走廊上打电话。天气转凉后，空荡荡的走廊寒风直入，冷得她起了一身鸡皮疙瘩。郝堂没几分钟就能听到鼻音，一问才知道这个傻瓜居然顶着大风在和自己煲电话粥。

“你在哪儿呢？听着风声很大。”

“哦，在走廊。我怕吵到室友们……阿嚏……”

郝堂担心她感冒，反复劝了几次也不听，只好连电话也打得少了。就算要打，时间也控制在晚上十点前，免得闻妮妮要出去。

可两人都是九点半之后才回宿舍，这样一来每次只能匆忙打个几分钟电话便挂了。经常是闻妮妮还在兴致盎然地捏着手机要走出宿舍，就听到郝堂在电话那边说：“我还有作业没写，先挂了。”

后来闻妮妮在提起这件事的时候，她满腹委屈地向郝堂抱怨：“当时我还以为你烦透我了，特别难过。”

郝堂捏了捏她的脸蛋，将她手掌拉入自己怀中暖着，半开玩笑地附和："确实挺烦。但是要烦透你的话，恐怕还得花上好几辈子的时间。"

一辈子太短，还不够我拿来爱你的，又怎么舍得去浪费。

大一新生入学本就有很多琐事，郝堂被选为班长，一会儿要参加新生典礼，一会儿要组织班级合唱，再加上社团、学生会的诸多事项，还得兼顾学习，忙得不可开交。

不过接到闻妮妮的电话，他从来没觉得麻烦。对他而言，这应该是他烦闷生活里，一道可爱的光束，疲累过后一首欢脱的曲调。

他仅仅是担心她感冒而已。

可闻妮妮怎么知道，再加上室友们的臆测，什么移情别恋、见异思迁的剧情，全都一股脑儿涌上脑门。

没有名分的感情，脆弱得连一句话就能击倒。

闻妮妮当即买了票赶到C大，好巧不巧，还真就撞上那么一幕，郝堂正和一女同学谈笑风生。

她登时心里那个委屈，连一句话也没和郝堂说，就跑到高铁站买了票回去。

郝堂收到消息，可左等右等不见闻妮妮来，最后连电话也联系不上。他托了庄严的关系，从郑小悦那里打探到闻妮妮误会了自己的事情，赶忙也买了一张高铁票赶到D城。一赶到她的学校，追到宿舍楼下，远远地看见宿舍楼在冒青烟，不少的学生从楼道里跑出来。

某个可怕的念头在脑海中一闪而过。

他急得很，想往里钻，可挡不住人潮涌出。

“闻妮妮！闻妮妮！闻妮妮！”他扯着嗓子朝人群里喊了一遍又一遍。

闻妮妮被同学拉着走回到宿舍楼下，听见同学说：“喏，就是那个疯子，一直在喊你名字。”

人群疏散得差不多了，有人拉住郝堂，不让他往宿舍里闯。

“拜托你让我上去看看吧。”郝堂请求着，万一闻妮妮还困在里面，她一向跑得不快。

消防员一脸迷茫：“这……不就是火灾演练，用得着那么卖力吗？”

郝堂一愣，听到背后传来咯咯咯的笑声。他转过头，见闻妮妮嘴里咬着棒棒糖冲自己笑：“我没事儿。”

他看着她，定了定神，捏着她的手腕，将她一把拽入怀中，声音磁沉：“可我有事儿。”

边上的同学们朝着两人看，不由得啧啧起哄。

闻妮妮觉得整个大脑都被烧着了，甚至不敢大力呼吸，静静地等他说完下一句话，口中的糖化得差不多了，甜得牙尖打战。

“就问你，愿不愿意做我女朋友？”他说出口的时候，都没料到自己能紧张成这副蠢样，声音都哑了。

感觉到肩膀传来很轻微的碰撞，是她在点头。

“也不是不愿意……”她还想听听郝堂解释清楚女同学的事情。

郝堂倒是很会抓时机：“那就这么说定了。不能反悔。”

闻妮妮的室友笑他们，怎么求个交往，跟求婚似的。

从那天之后，几乎整个学校都知道，闻妮妮有个在C城某名牌大学念书的宝藏男友，颜值高，学习好，待人接物有礼貌。

千里迢迢跑来，可算是确定了关系。往后的日子，就是每周一个半小时的高铁往返之旅，也像普通的情侣一样，偶尔撒撒娇，闹闹矛盾。

闻妮妮念着郝堂的优秀，也一门心思扎在游泳上，参加各大比赛屡获佳绩，得到越来越多的关注。有一次她到郝堂的学校，竟然被一个女同学一眼认出来。

“你就是郝学长的女朋友吧？你在我们学校可出名了。”

据女同学交代，这位一向低调行事的郝姓男友，为了杜绝一切桃花，有事没事就会晒晒女友的故事。

真正爱一个人，不就是让她拥有十足的安全感吗？

再次回到这个地方，是他们婚后的第六个年头。

南方的初夏，不断升温的天气，裹着湿气，总是又闷又热。

男男女女们顶着太阳站在广场上，简易搭建的T型台上，校长气势昂扬地上台主持：“尊敬的各位来宾，亲爱的家长朋友们，大家好！今天，星星幼儿园迎来了第三十一届亲子趣味运动会……”

一个扎着并不是很对称的双马尾的小女孩，转着骨碌碌的大眼睛，目不转睛地盯着旁边的小男孩，然后从口袋里掏出一根五彩的棒棒糖，几乎快戳在男孩的鼻孔上。

“吃吗？我爸爸做的。”她问。

小男孩迟疑地摇摇头：“会长蛀牙的。我爸爸说小孩子不能吃太多糖。”

“不会。”小女孩笃定地说，“我妈妈都没有蛀牙。而且我爸爸说了，他最喜欢的就是爱吃糖果的女孩子。”

话音刚落，一个穿着休闲T恤的男人俯身蹲下来，将小女孩手里的棒棒糖拿过去：“宝贝，你又偷妈妈的糖果。”

小女孩眼睁睁地看着爸爸将糖果收进了口袋。她委屈地抱着双臂，斜睨着面前的爸爸，然后猛地转身跺脚：“哼！爸爸是坏蛋！男人没有一个好东西。”

如果不是小女孩喊的这一声“爸爸”，恐怕周围的人要以为这不过是一对兄妹。

闻妮妮喘着气，一路喊着“借过”，从拥挤的人群里找到那对正在怄气的父女。

是的，从表情和姿态来看，肯定是在怄气。

她才刚带队比赛结束，就急急忙忙赶到这里，也不知道这父女俩又怎么了。

对了，现在的闻妮妮主业是一家游泳俱乐部的带队教练，副业兼职“一颗好糖”食品集团的总裁夫人，外界亲昵地称呼她为“糖主夫人”。

想到新婚燕尔时，郝堂还是以一个赚钱养家的成熟男人自居。可自从有了小喔喔后，郝堂的心理年龄可谓是直降十八岁，两人三天一大吵五天一大闹。在这个过程中，反而是一向任性孩子气的闻妮妮，扛起了调解家庭纠纷的重担，充当了和事佬角色。

她娴熟地蹲下身，冲着小喔喔脸颊亲了一口：“宝贝怎么啦？对不起，妈妈迟到了。”

“哼，你老公欺负我，抢我的糖果。”小喔喔生气地一甩头，马尾随着晃了两下，“也不管管你的老公。”

闻妮妮站起来，疑惑地看了一眼也在气头上的郝堂，哭笑不得：“老公，你干吗抢喔喔的糖果……”

“你的宝贝女儿，拿着糖果要送给别的臭小子。”郝堂瞥了一眼旁边的那位臭小子，愤愤地说，吓得臭小子往边上靠了靠。

“……”

敢情这是吃女儿的醋了。

“放心，喔喔还小呢。”闻妮妮朝郝堂干笑，您这也太能吃醋了吧？

“喔喔”是孩子的小名，因为闻妮妮在临盆前，还想着去超市买包喔喔奶糖。整个生产过程，郝堂都陪伴左右，看着老婆那么辛苦，心里默默发誓，恨不得给老婆买上一辈子的喔喔奶糖。

万万想不到，这颗蹦跶出来的“喔喔奶糖”，差点没把他气死。

以前只要哄一个女人，现在要哄两个。

怪谁呢？怪自己喽。

“你当年也小……”还不是照样撩走了他的心。郝堂哽了哽，从口袋里掏出完好的糖果，“给你做的，你吃吧。”

闻妮妮将糖放在舌尖尝了尝：“嗯，说实在的……只要是我老公研发的糖果，都很好吃。”

“这是晚上发布会重磅推出的那款新品？”

“不算，还有个重磅礼物要给你。”

喔喔：“妈妈，我还是不是你的小宝贝了？”又是一转身，半个香肩都露了出来。

郝堂绷着脸，手速极快地将喔喔的衣服拉上去，怎料喔喔又故意一甩，郝堂无奈至极，只好勒令旁边的臭小子：“你给我，转过去。”

“一颗好糖”的糖果新品发布会，在晚上七点准时开始。会议邀请了来自全国各地的数百名经销商出席。展厅内展示着五颜六色的糖果，包括棉花糖、软糖、棒棒糖、酥糖、水果糖、奶糖等几十个细分品类，对外开放，免费品尝，吸引不少糖果爱好者。

现场布置以清新绿色为主色调，绿植点缀，配以糖果卡通装饰，气球营造气氛，简单又不失可爱。

“好漂亮啊！”一个女生不由得发出赞叹，目光在缤纷色彩之中流连忘返，她拉了拉身后的一个女生，“你快看。”

入口处立着白色的指示牌，每块指示牌上都有一句话。

“让魔鬼可爱一点的办法，就是把它变成魔鬼糖——来自糖主夫人的《糖果手札》。”

“你算哪个口味的橡皮糖，怪想捏的——来自糖主夫人的《糖果手札》。”

“好想在你心上咬一口，看看是不是也这么软糯可口——来自糖主夫人的《糖果手札》。”

……

“你看看，学霸不愧是学霸，人家就算卖个糖果，都能做得如此有声有色。”大厅入口处，剪着利落短发的郑小悦啧啧两声，看了一眼落在身后的已有发福迹象的庄严，心里暗暗感慨，这差距……

当年她是怎么瞎了眼选了庄严来着？

哦，想起来了。

婚后第一天，庄严向她坦白，当初好长一段时间黏着她，包括送笔记本，帮她补习，不过是迫于郝堂的要求。

难怪当时她从庄严那里拿到的笔记本，基本都是郝堂的。

“郝堂他说要帮闻妮妮补习，所以就让我支开你，免得你影响他们。”庄严本着为兄弟两肋插刀的义气，差点没让自己的老婆在婚后第一天插了一刀。

他挠着后脑勺憨笑：“没想到你的影响力还挺大，真就把我给影响了。”

确实，郝堂陪着闻妮妮补习，两人是双双考上了理想大学。庄严陪着郑小悦补习，那是两人双双无缘理想大学。也难怪了，两人在一块儿，百分之八十的时间，不是花在吃零食上，就是花在天南海北的唠嗑上。

“还不是怪你这张乌鸦嘴？”郑小悦想起来，考前的几天，她和妈妈大吵一架气得离家出走，当时冲到高铁站随便买了票，心想着，离开这该死的地方，离开这该死的高考。

等车的时候，被穿着睡衣的庄严拦了下来，他哈着冷气，头发结块得好像几个月没洗，整个人哆嗦成一团，鼻尖冻得通红，滑稽得很：“我找了你一晚上啊，快冻死了。赶紧跟我回家去。哦不对，跟你回你家去。放心，要是考不好，你跟你妈说，以后有我一碗饭，就少不了你一碗饭。不不不，我喝汤，你吃肉。你有哥罩着，怕什么？”

这话还真就应验了。

现在每次两人在饭桌上看着端上的白米饭，总能想起当时那句话，两人相视一笑。

“不过这也不算亏，至少没打光棍。嘿嘿！”庄严倒是对名落孙山的事情没多大介怀，“你看那孙逻，人家高考考得多好，还是海龟，事业有成，可还不是打光棍。前两天刚被家里逼婚，躲都没地儿躲。”

娶老婆这件事，可比什么狗屁事业重要多了。

郑小悦被逗得直乐呵：“也对，嫁鸡随鸡，嫁狗随狗。”

庄严虽然给不了她多大的富贵，可真是打心眼里对她好，几年如一日的好。

两人得知高考失利的那一天，庄严拉着郑小悦到一家肯德基店，给她点了一个海盐冰激凌，双手交握，眼神诚恳："你还想不想复读？"

郑小悦郑重地咬了一口冰激凌，然后摇摇头："不复读了。"

"好，那我也不复读了。"庄严做个决定，简单得就像是问吃不吃苹果。

就这么随意地，两人填报志愿，读了同一所学校。

直到第一学期结束后，郑小悦才无意间知道，就是这么个简单得类似吃不吃苹果的决定，让庄严差点没被他爸揍死。郑小悦顿时觉得自己有愧于他，对他好吃好喝地供着，一到毕业，稀里糊涂就嫁了。

庄严有时候逗趣就会说："我当时不是赔了一个名牌大学，心想着可不能再赔了夫人，老婆要看紧了。所以才跟着去你的大学的。"

两人的婚礼还是和闻妮妮、郝堂他们一同举行的。庄严原本打着如意算盘，这样可以省下一大笔份子钱和场地费，谁知道那一向勤俭持家的郝堂，心血来潮非要弄个隆重的仪式，整场婚礼的花费远远超出预期一倍。

往事不堪回首。

“领导，你放心，我保证会给你多拍几张现场照片，你就安心在家养胎，千万不能惊动我们的宝宝……”孔友一只脚踏出车门，挂断电话，点开支付页面。

网速有点慢，等支付的间隙，司机顺口聊了一句：“哟，你老婆怀孕几个月了？恭喜恭喜啊。”

“还早嘞，两周吧。”

司机：“……”两周就养胎？

走进二楼大厅的时候，现场人山人海。他仰着脖子，好不容易找到了庄严他们，急急忙忙往人堆里钻过去。

正听到庄严颇有些自豪地拍着胸脯：“也不看看是谁的哥们儿。”

当年还没有毕业那会儿，大家都在想郝堂这种栋梁之才会去哪里高就为祖国建设，怎料他倒是一声不吭回家子承父业，开起了糖果店，为闻妮妮建设起了甜腻小窝。

“少往你自己脸上贴金。”

“哪是往我自己脸上贴金，老婆你想，我夸了自己，这不等于夸你眼光好吗？我这是往你脸上贴金。”

“老公……”郑小悦拍了拍庄严的啤酒肚，“你还是先完成为爱减肥的目标吧。”

旁边正在品尝糖果的两位女生的对话钻入了郑小悦的耳朵：

“据说这些文案都是那位老板亲自写的？”

“可不是嘛。说是写给他太太的情话，和指示牌的话相呼应。”

郑小悦看了一眼她们身上的校服，暗暗道：原来是同校的小学妹啊。

“偷偷告诉你，老板还是咱们德郡高中的学长呢，当时可是一个传说般的存在。当初就靠着几颗糖把人小家姑娘给追到手了。学长不喜欢吃糖，但是书包里永远都会藏着一包糖给学姐……啊，这也太浪漫了吧，要是我能遇见这样的学长……”

“你就想想就行了。”

……

可不是嘛。后来听到庄严说的许多，也才明白郝堂对闻妮妮是真的好。然而又有多少人知道，闻妮妮对郝堂的付出呢。

创业的日子，并不是一帆风顺的，郝堂雄心壮志地想要将“一颗好糖”迅速壮大，没有做好充分市场调查后，就盲目扩张，导致亏损。又遇上个金融危机，经济萧条了两年。那会儿估计百姓都愁得慌，也没多少闲情买糖吃，“一颗好糖”一度面临着关门大吉的风险。

郝堂的人生太顺坦了，学生时代辉煌无数，向来都是披荆斩棘，所向披靡。才一毕业，就被巨大风浪重重一击。那阵子真是过得很难，人也消瘦许多。

“真是得亏妮妮不离不弃。这两人走到今天，也真是不太容易。”郑小悦抓了一颗糖果，看见糖纸壳的一行小字：每一种你，都值得我细细品尝。

她又抓了一颗彩虹糖，上面写着：彩虹糖没吃过，但你我见过。

“快开始了，咱们进去吧。”

他们正准备进去，看见了一旁的孔友，他熨着一头平整的发，穿着西装还挺像那么一回事儿。

“不好意思啊，我迟到了。”孔友讪讪地笑，扫了一眼四周，“郝堂他们在哪里？”

“喏，在那儿招待贵宾呢，忙得很。”郑小悦往孔友身后探了探，“乐冉没来？”

孔友嘿嘿一笑：“我担心人太多，太危险了，就没让冉冉来了。”

“拜托，才怀了几天啊？”郑小悦飞去一个白眼。

“那也有危险。”孔友反驳，现在他可真是把乐冉捧在手心都怕摔了。

庄严挑事儿地开玩笑：“你是怕乐冉吃醋吧？”

孔友厉色警告：“你可给我闭嘴，今天是好日子，你不想有血光之灾吧？我的心里，只有我领导一人。”

孔友和乐冉的故事，还得从那次能被载入史册的告白说起。

高考结束之后，乐冉直接飞到国外读大学，四年都没有任何消息。

孔友呢，在追求闻妮妮无果之后，终于彻底放弃，打算追一追系里的某位学妹。结果情敌正好是高中的校友，竟然将他高中告白乐冉的辉煌事迹给传了出去，还往里添油加醋，成了一段佳话。

谁还吃得下这有主的名草。孔友活生生打了四年光棍，单方面和乐冉传着绯闻度日。毕业以后他混到一家外企工作，好死不死的，归国的成功人士乐冉，成为他的直属上司。好巧不巧的是，那位情敌也和他来到同一家公司，没过一个月，将孔友和乐冉的绯闻散播得满公司都是。

乐冉还以为是孔友伺机报复，也没少利用上司的职权“回馈”孔友。

受虐多了之后吧，孔友真还上瘾了，对乐冉穷追猛打，可乐冉就是不为所动。直到一年前，千年铁树被感化，孔友也算是修成正果。

爱情来得太不容易了。

发布会正式开始，暖场音乐缓缓褪去。

主持人上台，标准的开场白后便朝着台下抛洒糖果，引起孩子们一阵哄抢。

“接下来让我们用最热烈的掌声，欢迎‘一颗好糖’的郝总裁上台……”

在众人的欢呼声中，郝堂一身西装笔挺，昂首挺胸阔步上前。

坐在前排的闻妮妮，眼神好似追光灯，跟着郝堂移动到中心位置，落定。她低头悄悄地将还在置气的女儿脑袋摆正：“宝贝，你快看看爸爸，帅不帅？”

喔喔不得已看了一眼，虽然不想承认，但帅是真的帅。

“首先非常感谢能够参加本次发布会的各位来宾、朋友……我今天特别想要问在座的各位一个问题，你们认为什么样的才是一颗好糖？大家心里是否有这样的标准？”

全场静默，每个人的心里都有自己的答案，可那不能算标准。

“是入口香甜酥脆的紫皮糖，还是嚼劲十足的橡皮糖，抑或是细嫩爽滑的软心糖？

“我想起一句话，众口难调，你爱就好。

“对我来说，所谓的一颗好糖，就是能让我的太太喜欢的糖，还有我闺女喔喔喜欢的糖。好的糖果，是能让人感觉到幸福感，是能调剂你苦涩的生活。今天既是糖果新品发布会，于我而言更是一个非常重要的日子……”

说到这里，郝堂的目光停滞在闻妮妮的方位，看得闻妮妮的心跳漏了一拍。

明明可以算得上是老夫老妻了，可每次郝堂这么看着她，她的心还是会莫名地紧张。

只是她想了又想，依旧想不起来，今天到底是什么重要的日子。

大家的目光齐刷刷地看向台上，等待着揭晓答案。

“我顺利脱单的纪念日。”

原来如此，众人哗然，场内响起一阵笑。

“其实我很早之前就想告诉你的，但那时候怎么也说不出口。”郝堂从口袋里捏出一颗糖果，含情脉脉地看着台下的闻妮妮。尽管台下是一片幽暗，可是他总能凭借直觉找到她的方位。

两人之间，好似有一根无形的绳子在拉扯着对方，感知着对方。

“我所有的话语，都藏在每一颗送你的糖果里。”

可惜你尝了很久，才尝出来，我爱你这件事。

青葱岁月一晃而过。

舞台闪亮的灯光笼罩在他周身。

虽不是国王。

可是为了你，我愿意制造一个糖果王国。

– 全文完 –